万葉の巨星　柿本人麻呂

万葉の巨星　柿本人麻呂

――その知られざる生涯――

上杉省和著

知泉書館

目次

万葉の巨星　柿本人麻呂

――その知られざる生涯――

はじめに

柿本人麻呂の謎に満ちた生涯

万葉歌人・柿本人麻呂は、七世紀末、持統女帝の朝廷にあって、雑歌《ぞうか》に分類される宮中での儀礼歌、皇族をはじめ様々な死者を弔《とぶら》う挽歌《ばんか》、相聞《そうもん》（恋愛）歌、さらには自然諷詠《ふうえい》歌や羇旅《きりょ》歌など、数々の名作を後世に残した歌人である。主に飛鳥時代から奈良時代にかけての、幅広い階層の人々の歌四五〇〇首余りを集めた『万葉集』を、もしも〈国民的歌集〉と呼ぶことが許されるなら、『万葉集』最大の歌人・柿本人麻呂こそは、真に〈国民的歌人〉と呼ぶにふさわしい人物であろう。にもかかわらず、その柿本人麻呂がいつ生まれ、いつ世を去ったのか、その人となりと生涯がいかなるものであったのか、長年にわたる多くの研究者たちの努力にもかかわらず、真相のかなりの部分は今も謎に包まれている。

とりわけ、その最大の謎は、第五代孝昭《こうしょう》天皇の長子・天押帯日子命《あめのおしたらしひこのみこと》を祖とする柿本朝臣（「朝臣」という姓《かばね》は「真人」に次ぐ有力氏族の証しである）人麻呂が、持統天皇治世のほぼ十年間（実はそれ以前にも、人麻呂は天武天皇の下で舎人《とねり》として史書編纂に携わったと推測される節がある）、言霊の行使（言葉の霊力によって鎮魂または祝祭の実をあげる）に多大の力を発揮したにもかかわらず、貴族として最低の地位（従五位下）すら与えられなかった、ということである。

『万葉集』には、「柿本朝臣人麻呂作歌」とされる作品が、長歌一八首、短歌六六首、計八四首ある（「伝人麻呂歌」を含め、長歌二〇首、短歌七一首、計九一首とする数え方もある）。それ以外に、「柿本朝臣人麻呂之歌集出」（『柿本朝臣人麻呂之歌集』に出ている）とされる作品が三七〇首（うち長歌二首、短歌三三三首、旋頭歌三五首）あり、両者を合わせると、総数四五四首（または四六一首）が人麻呂関連の歌とされている。これは『万葉集』に集められた歌のほぼ一〇パーセント（一割）に相当する。これら人麻呂関連の歌に加えて、それらの歌あるいは歌群の前後に記された「題詞」と「左注」とが、人麻呂を知る手掛かりの全てということになる。

「柿本朝臣人麻呂作歌」とされる歌八〇首余りに拠る限り、人麻呂の謎に包まれた生涯を明らかにすることは不可能であろう。人麻呂の最期を解明することに情熱を注いだ人にアララギ派の歌人斎藤茂吉がおり（『鴨山考』）、その茂吉説に執拗なまでの批判を浴びせた人に哲学者梅原猛がいるが（『水底の歌上下巻』）、共に『万葉集』編者の重大な事実誤認を前提としたもので（本書「第七章　臨死自傷歌など」その他で詳述）、それを前提とする限り、真相の解明は望むべくもなかったのである。

斎藤茂吉によれば、人麻呂は中国地方の山中で行路病死（野垂れ死）をしたことになる。その論拠は『万葉集　巻第二』〈相聞〉の部に収録された一連のいわゆる「石見相聞歌群」（石見国で知り合った妻との別れを悲しむ歌、並びに妻依羅娘子《よさみのおとめ》が人麻呂との別れを悲しむ歌　一三一番歌―一四〇番歌、以下、「番歌」を略す）と、さらには『万葉集　巻第二』〈挽歌〉の部に収録されたいわゆる「臨死自傷歌群」（人麻呂が死に臨んで、自らを傷んだ歌、並びに人麻呂の死を傷む妻依羅娘子と丹比真人《たじひのまひと》並びに作者不詳の歌　二二三―二二七）である。これらの歌に関しては、本書「第七章　臨死自傷歌など」その他の章で詳述するが、要するに、茂吉説の「鴨《かも》山＝亀《かめ》と呼ばれる土地にある山」、「石川＝川原に石の多い川」は、余りにも根拠に乏しい、と言わねばならない。

一方、梅原猛説のように、人麻呂が死罪相当の反逆罪を犯した人物であったとすれば、公式の歴史書である『日本書紀』または『続日本紀』にその名を留めないはずはない。それに、首に重しをつけて海に突き落とすというような処刑方法は、既に律令国家となっていたわが国で、行われるはずもなかった。まして、人麻呂は無位無官の下級官吏であり、政治的人間とは程遠い人物である。

持統天皇に近侍して、朝廷における数々の儀礼歌を作った人麻呂が、何故に貴族としての最低の地位（従五位下）すら与えられなかったのか。これこそ、人麻呂生涯最大の謎でなければならない。私の人麻呂探索の旅はこの疑問から始まったが、『万葉集　巻第二』〈雑歌〉の部に収められた「伊勢国に幸《いでま》せる時に、京《みやこ》に留まれる柿本朝臣人麻呂が作る歌」は、その謎に迫る最初の手掛かりとなった。「潮騒《しおさい》に　伊良湖《いらご》の島辺《しまへ》　漕《こ》ぐ船に　妹《いも》乗るらむか　荒き島廻《しまみ》を」（四二）がそれである。この四二番歌に歌われた「妹」こそ、人麻呂の運命を左右した「宿命の女」ではないだろうか。この「宿命の女」と人麻呂との出会いから死別に至るまでの経緯は、本書「第六章　軽娘子《かるのおとめ》」で詳述することとする。

文字表記の問題

これまでに刊行されてきた『万葉集』のテキストおよびその注釈書では、本来漢字のみで表記された作品を漢字仮名交じり文に改めるに際して、それぞれの時代の国語表記法に添った改変を施してきた。例えば、「孋《つま》」を「妻」に、「相」を

「逢」に、「念」を「思」になどなど、数え上げればきりがない。読者の便宜を図れば、やむを得ないことではあろうが、その結果、個々の言葉に託した作者の意図が正しく伝わらない事態も、まま生じたように思われる。人麻呂の用字意識に添う限り、「念」を「思」と改変したのでは、「念」の文字に込めた必死さが伝わらない。まして、これまでの注釈書（例えば『新潮日本古典集成　万葉集一』新潮社、『新編日本古典文学全集　万葉集①』小学館）のように、「嬬乃命《つまのみこと》」を「夫乃命《つまのみこと》」と改変してしまったのでは（川嶋皇子挽歌）、一首全体の解釈が見直しを迫られることになってしまう。言うまでもなく、「嬬」は女性であり、「夫」は男性だからである（本書の「第五章　人麻呂挽歌考」で詳述）。

改めて言うまでもなく、「道」と「路」と「径」は同じではない。「船」と「舟」も同様である。漢字の使用に関して、人麻呂は比較的厳密であったと思われる。筆者は人麻呂の表記を可能な限り尊重し、それを現代の我々にも読めるよう、振り仮名（ルビ）を施した。その結果、現行の国語表記法に反する読み仮名を施す結果となった箇所が少なくない。作者の真意に可能な限り近づくためには、あくまでも原文に忠実であるべきとの配慮からである。その場合、読み仮名は現代仮名遣いに統一した。

『万葉集』編纂に関わる謎

ところで、「柿本朝臣人麻呂作歌」とは、文字通り、人麻呂本人の作った歌という意味であるが、『万葉集』の編者は何を根拠に「柿本朝臣人麻呂作歌」と認定したのであろうか。実は『万葉集』の編者が誰であったのか、必ずしも明確になっているわけではない。最終的には、大伴家持がその編集に大きく関わったであろうことを疑えないとしても、そもそもの出発（仮に《第一次万葉集》と呼ぶとして）は、その部立ての構成が物語るように、『万葉集　巻第一』〈雑歌〉と『万葉集　巻第二』〈相聞・挽歌〉全二三四首に限定されたものであったろう。そして、その巻に収められた歌群から推察されることは、その成立に舒明・皇極（斉明）の皇統にあたる持統天皇と、その遺志を継いだ元明天皇が関わっていたのではなかろうか、ということである。さらには、その続編（仮に《第二次万葉集》と呼ぶとして）である『万葉集　巻第三』〈雑歌・譬喩歌・挽歌〉と『万葉集　巻第四』〈相聞〉の成立に、筆者の根拠なき推測にすぎないけれども、元正天皇が関わっていた可能性は考えられないだろうか。つまり、『万葉集』は『日本書紀』及び『続日本紀』を補完するものとして、本来大和朝廷の公的な性格を持った歌集であって、そこに集められた歌は、もともと朝廷の公的な文書に記録されていたもの、と考えられるのである。持統天皇の下で、いわば〈宮廷歌人〉としての役割を果たした人麻呂の歌が、「柿本朝臣人麻呂作歌」として『万葉集』の巻第一から巻第四までに収録されたのは、このような事情によるものであろう。ただし、それら「柿本朝臣人麻呂作歌」の全てを、公的な場所における人麻呂の発表歌と断定することには、慎重でなければならない。何故なら、『万葉集』の編集には、長年にわたって、多くの人が関わっており、さらには大伴家持など、後の世の人による増補改訂作業も考えられ、編集方針に一貫した基準があった、とは思われない節があるからである。

他方、「柿本朝臣人麻呂之歌集出」と注記される歌は、もともと『柿本朝臣人麻呂之歌集』に収録された歌を、後の編者（主に大伴家持であろうが、その前に大伴旅人、山上憶良の関与も考えられる）が取捨選択して、『万葉集』に転載したもの、と考えられる。残念ながら、『柿本朝臣人麻呂之歌集』なるものは後の世に伝わらず、それがいかなる歌集であったか、我々は知ることができないが、「柿本朝臣人麻呂作歌」と「柿本朝臣人麻呂之歌集出」歌と、その両者を区分けした編者の意図は、ほぼ推測できよう。「柿本朝臣人麻呂之歌集出」と注記された歌群には、一組の男女が交わした相聞歌が相当数含まれており（なかでも『万葉集巻第十二』〈古今相聞往来歌類の上〉のうち、「正《ただ》に心緒《おもい》を述ぶる」と題された二三六八—二五一六番歌、計一四九首は人麻呂と彼の愛した女性との間に取り交わされた問答歌と思われる）、この一点だけでも、「柿本朝臣人麻呂之歌集出」と注記された歌の全てを人麻呂作、とすることはできないわけである。

幻の歌集となった『柿本朝臣人麻呂之歌集』は、人麻呂の筆録した歌集ではあっても、「人麻呂に仮託された民謡集であって、純粋な人麻呂作品ではない」（土屋文明）と考える万葉学者は多い。他方、「人麻呂歌集の歌は、人麻呂の作であるか否かについては、問題の存するところであるが、他人の作と明記があり、ないしは婦人の作と認められるもののような、人麻呂の作品にあらじと考えられるもののほかは、大体人麻呂の作品であって差し支えがない」（武田祐吉）と考える万葉学者もいる。人麻呂関連歌の中で、「柿本朝臣人麻呂之歌集出」と注記される歌の占める比重は、ほぼ八〇％と圧倒的に大きいのであるから、そのいずれを是とするかで、論者の人麻呂観も大きく左右されるであろう。

「柿本朝臣人麻呂作歌」八四首（または九一首）を読み、人麻呂の生涯へのある疑念を抱いた上で、「柿本朝臣人麻呂之歌集出」と注記された全三七〇首に目を通してみると、人麻呂の愛と苦悩に満ちた人生の軌跡が、おぼろげながら浮かび上がってくる。その詳細は本書の各章に譲るとして、「柿本朝臣人麻呂之歌集出」とある歌の過半を、人麻呂の作品と見做す武田祐吉の見解は、私には、ほぼ妥当なものと思われる。武田祐吉説を何故に「ほぼ妥当なもの」と思うのか、本書はその問いに対する答えとして書かれたものである。

略体歌と非略体歌

さて、さらにつけ加えておかねばならぬことは、「柿本朝臣人麻呂之歌集出」と注記された三七〇首の歌の表記に、略体歌と非略体歌の二種類がある、ということである。略体歌とは、助詞・助動詞・活用語尾などの表記を省略するか、必要最小限に止めて、一首の文字数を一〇—一三に止めた文字表記の歌であり、全三七〇首のうち二〇九首（短歌一九六首、旋頭歌一三首）がこれに相当する。これに対して、「柿本朝臣人麻呂作歌」の表記同様、助詞・助動詞・活用語尾などの表記を省略しない、いわゆる非略体歌が一六一首ある。つまり、『柿本朝臣人麻呂之歌集』の中では、略体歌の方が過半を占めているのである。このことが『柿本朝臣人麻呂之歌集』を「民謡集」と見做す論拠とされたのかもしれないが、略体歌も非略体歌も共に人麻呂その人の表記法であった、と考えるべきであろう。その根拠は、略体歌が私的（プライベート）な性格の表記法であったとすれば、非略体歌は公的な性格の表記法であった、と思われるからである。宮廷における儀式や宴席など、公的な場所で歌が披露される場合、今日の宮中における〈歌会始め〉同様、その詠み手（朗誦者）は作者ではなかったであろう。かな文字の発明以前、作者の意図を正しく伝えるためには、助詞・助動詞・活用語尾などの表記を欠かすことはできない。それに対して、私的な性格の歌、とりわけ第三者に知られては困るような内容の歌を当事者間でかわす場合、略体歌という形をとるのはごく自然なこと、と考えられるからである。

『柿本朝臣人麻呂之歌集』について

「柿本朝臣人麻呂之歌集出」と注記された歌の全てを人麻呂作と見做すか、と問われれば、多くの万葉学者と同様に、私も「否」と答えざるを得ない。『万葉集　巻第七』に「右廿三首、柿本朝臣人麻呂之歌集出」と左注の付された旋頭歌が収録されているが、明らかに人麻呂作と認定できない歌が過半を占めているからである。

住吉《すみのえ》の　小田《おだ》を刈らす子　賤《やっこ》かもなき　奴《やっこ》あれども　妹《いも》が御為《みため》と　私田《わたくしだ》刈る（一二七五）

〈現代語訳〉

住之江の田で稲を刈る若い衆よ、使用人はいないのかね。使用人はいるけれど、あの娘のためにと、自分で私田の稲を刈っているのさ。

二人の掛け合い（問答）の形式をとった、住之江（現在の大阪市住吉区一帯）地方の民衆（農民）の歌であろう。公田ならぬ私田（私有を認められた田）で、愛する女性のために労働力を提供する男の気持ちが唄われており、五七七、五七七という旋頭歌の形式からしても、民謡的色彩の濃い作品である。

梓弓《あずさゆみ》　引津《ひきつ》の辺《へ》なる　なのりその花　摘《つ》むまでに　逢《あ》はざらめやも　なのりその花（一二七九）

〈現代語訳〉

引津あたりのなのりその花よ。その花が誰かに摘まれるまでに、お前と逢わないではおくものか。なのりその花よ。

「梓弓」は「引津」の「引く」にかかる枕詞。「引津」は福岡県糸島郡志摩町の入り海。「なのりその花」は海藻ホンダワラの花（実は気泡のことか）のことであるが、この場合、愛する女性の暗喩となっている。また、海藻名「なのりそ」には、「な告《の》りそ（告げるな）」が懸け言葉となっている。箱入り娘を自分のものにしようと意気込む、若者の思いを述べた歌である。

丸雪《あられ》降り　遠江《とおつおうみ》の　吾跡川楊《あとかわやなぎ》　刈れども　亦《また》も生《お》ふと云ふ　余跡川《あとかわ》楊

（一二九三）

〈現代語訳〉

遠江のあと川楊よ、刈っても刈っても、あとからあとから生えると言う、あと川楊よ。

「丸雪降り」は「遠江」の枕詞。「遠江」は現在の静岡県西部。「楊」は「ねこやなぎ」のことか。「吾（余）跡川」を「あどかわ」と読ませている注釈書があるが、「あとかわ」と読んで、「後から」との語呂合わせと見做すべきであろう。

「遠江の　吾（余）跡川」の所在は不明であるが、その地に住む人々に唄われた歌であろう。

ここにはわずか三例を挙げたにすぎないが、こうした全国各地の民衆の歌が『柿本朝臣人麻呂之歌集』に記録されたのは、人麻呂がそうした歌を集約する役職についていたからではないだろうか。天武一〇（西暦六八一）年、天武天皇は国家の歴史書（後に『古事記』、『日本書紀』として結実）編纂を命じているが、その中に全国各地の伝承歌（いわゆる「記紀歌謡」）を収集する部局があったのではないか、また、人麻呂はその重要な役割を担っていたのではなかろうか。

ところが、右に紹介した『万葉集　巻第七』収録の旋頭歌二十三首全てが民謡的な歌かと言えば、どうもそうではなさそうである。

橋立《はしだて》の　倉橋山《くらはしやま》に　立てる白雲　見まく欲《ほ》り　我がするなへに　立てる白雲

（一二八二）

〈現代語訳〉

倉橋山の上に湧き上がる白い雲よ、私が見たい逢いたいと切望する折も折、あの人の家のある方角に湧き上がる白い雲よ。

「橋立の」は「倉」にかかる枕詞。倉橋山が現在のどの山を指すか、明らかではないが、現・奈良県桜井市倉橋の地が天武天皇の都（飛鳥浄御原《あすかきよみはら》）と現・奈良県宇陀《うだ》市榛原《はいばら》とを結ぶ線上に位置することを考えれば、作者の逢いたいと切望する人は宇陀の「住坂の女」ではないか、と推測されるのである（「住坂の女」については、第二章で詳述する）。この推測の根拠は、『万葉集　巻第四』〈相聞〉の部に「柿本朝臣人麻呂妻歌一首」と題された、「君が家に　我が住坂の　家道《いえじ》をも　我は忘れじ　命死なずは」（五〇四）の一首にある。歌意は「住坂への通い路をも、私は忘れないでしょう、わが命のある限り」というもので、人麻呂が「住坂の女」との別れに際して歌った一首と思われる。この短歌に関して、注釈書（新潮日本古典集成『万葉集一』、新編日本古典文学全集『万葉集①』）は作者を人麻呂の妻としているが、当時は妻問い婚、すなわち通い婚であったのだから、作者は男性、すなわち人麻呂でなければならない。人麻呂作とあるこの五〇四番歌と「柿本朝臣人麻呂之歌集出」とある一二八二番歌とを結び付けることができるとすれば、後者の旋頭歌の作者も人麻呂ということになる。その傍証となるのが、次の『万葉集　巻第七』収録の旋頭歌二十三首の一首と『万葉集　巻第十』収録の短歌三十八首（左注に「柿本朝臣人麻呂之歌集出」とある）中の一首である。

朝づく日　向ひの山に　月立てり見ゆ　遠妻《とおづま》を　持ちたる人は　看《み》つつ偲《しの》ばむ（一二九四）

〈現代語訳〉

向こうの山に新月の出ているのが見える。遠く離れて、なかなか逢うことのできない妻を持っている人は、あの新月を見ながら、遠くに住む妻を偲ぶこととしよう。

「朝づく日」は「朝日」のことで、「向かひの山」の枕詞。朝日の上る東方の山に「月立つ」（新月が現れる）と、「看つつ偲ばむ」（その新月を眺めながら、遠く離れてめったに逢うことのできない妻を偲ぼう）とあるのは、作者の暮らしているところから遥か遠い東の方にその妻の家がある、ということであろう。ここで注目すべきは「遠妻」という言葉である。ここで、『万葉集　巻第十』〈秋の雑歌〉冒頭の「柿本朝臣人麻呂之歌集出」と左注された短歌三十八首中の、次の一首を見てみよう。

遥《とお》媄《づま》と　手枕《たまくら》易《か》へて　寝たる夜は　鶏《とり》が音《ね》な動《ひび》きそ　明けば明けぬとも

（二〇二一）

〈現代語訳〉

遥か遠くに住む、わが愛しい人と、ようやく共寝できた夜は、鶏よ、鳴かないでおくれ、たとえ夜が明けたとしても。

めったに逢うことのできない、遠距離にある妻との、後朝《きぬぎぬ》の別れを惜しむ歌である。「遠妻（遥娭）」は人麻呂の造語ではなかろうか。飛鳥の地から宇陀の住坂までは、馬で行くとしても、かなりの遠路である。ましてや、その「住坂の女」が人妻であったとすれば、心理的にも遠い妻であったわけで、その詳細については、「第二章　住坂の女」に譲りたい。

『万葉集』の編者たちは、『柿本朝臣人麻呂之歌集』に収録された歌の大半を、人麻呂作と認定していたはずである。その証拠に、「作者不詳の巻々」と呼ばれる『万葉集　巻第七』並びに『万葉集　巻第十』から『万葉集　巻第十四』までの六巻を見ると、「柿本朝臣人麻呂之歌集出」と注記された歌（または歌群）は、各部立ての最初に置かれている場合が多い。つまり、『万葉集』編集の最終段階では、人麻呂は既に〈歌聖〉の位置を占めており、その作品は歌詠みの模範とされていたのである。

美しい日本語のために

たとえて言えば、人麻呂は日本のホメロスであり、日本のダンテである。今日、人麻呂の国民的歌人（詩人）としての真価が問われる前に、日本語そのものが著しく変質し、低俗化・劣化の危機にさらされているように思われる。日本語は、全語彙（ほぼ四十万語と言われる）のうち、漢語が和語（大和ことば）を大幅に上回る言語である。それにもかかわらず、漢字漢文教育をないがしろにして、さらには優れた文学作品に接する機会を次第に奪い、英語教育に時間と労力を費やしている現状では、識字能力の低下は免れず、広範な日本人の活字離れを止める手立てはない。その結果として、わが国の歴史に関する無関心や伝統文化との断絶、つまりは日本民族としてのアイデンティティの喪失を招く結果となっていることは、改めて言うまでもないことであろう。

人麻呂といえば、その挽歌に代表されるように、宮廷歌人としてのイメージが先行するが、その真価は相聞（恋愛）歌にある。人麻呂は、彼が愛する女性に対して、単に「妹」や「妻」では表現できない思いを、「媄《つま》」や「孋《つま》」といった文字に託した。多分、これは人麻呂の造字であろう。また、人麻呂の作品に出てくる枕詞は約一四〇種類と言われるが、そのほぼ半数が人麻呂の創作になるとされている。枕詞は言葉の持つ呪力によって土地なり物なりを祝福し、それによってその生命力を活性化せんとする古代信仰、すなわち言霊思想から発生したものである。日本語の力を極限にまで高めた歌人・柿本人麻呂、その人麻呂の魂の叫びに耳を傾けることで、本書が日本語の持っている美しさ・豊かさを再発見するきっかけとなれば幸いである。

第一章　柿本人麻呂の出自

『万葉集』に拠る限り、柿本人麻呂が〈宮廷歌人〉として活躍したのは、持統天皇在位（西暦六八七―六九七年）のほぼ十年間である。もっとも〈宮廷歌人〉というのは後世の万葉学者たちによる呼称であって、大和朝廷内に〈宮廷歌人〉という職掌があったわけではなかろう。人麻呂がいかなる身分の人であったのか、それを知る手掛かりは「柿本朝臣人麻呂作歌」の「雑歌」と「挽歌」にあり、その多くが天皇並びに皇族への賛美と臣従の表明であったことに鑑みても、人麻呂を舎人と見做すことは、見当違いではないであろう。

舎人とは、「殿入《とのい》り」がその語源とされるようであるが、古代天皇制の下、天皇または皇族に近侍して、護衛その他の雑役に当たった下級官吏のことである。壬申《じんしん》の乱で近江朝廷を倒した大海人皇子《おおあまのみこ》（天武天皇）は、即位の翌天武二（六七三）年に大舎人（天皇直属の舎人のことか）を募集した。その時のことを、『日本書紀』は「夫《そ》れ初めて出身《みやつかえ》せむ者は、先《ま》づ大舎人《おおとねり》に仕《つか》へしめよ。然《しか》る後に、其《そ》の才能を選簡《せんかん》して、当職に充《あ》てよ」と記している。この場合、「当職」とは、舎人以上の上級職や地位のことであろう。

舎人募集の記録は天武二年に限られるので、それがかなり大規模な募集であり、以後は欠員の補充程度にとどまったであろうことが推測される。壬申の乱で混乱した世情の鎮静化を図る上でも、有力氏族の子弟への失業対策が急がれたわけである。因みに、後年、元正天皇の時代に制定された「養老律令」は、大舎人採用年齢の下限を二十一歳としているが、天武朝廷以来の前例に倣ったものと思われる。

壬申の乱とは、天智一〇（六七一）年一二月の天智天皇崩御からほぼ六カ月後に起こった皇位継承をめぐる争いであり、皇太弟大海人皇子《おおあまのみこ》（天武天皇）の武装蜂起によって、天智の後継者大友皇子（弘文天皇）を戴く近江朝廷が滅亡へと追い込まれた内乱である。壬申の乱の原因とその歴史的意味については、これまでも諸説があって、明らかとは言い難いが、その後の天武政権が強大な権限を天皇に集中して、その指揮下に強大な国家の建設を目指したことは確かであろう。

天武二（六七三）年五月、二十一歳の青年柿本人麻呂は、天武天皇直属の舎人として採用されたに違いない。もしも人麻呂がそれ以上の年齢であったなら、壬申の乱と無縁ではいられなかったはずである。近江朝廷側に与《くみ》していれば、天武政権に採用されることはなかったであろうし、大海人皇子に従って壬申の乱を闘っていれば、天武政権の成立後、破格の昇進が約束されたであろう。しかし、人麻呂の場合は、そのいずれでもなかった。いわば壬申の乱に遅れてきた世代であって、そこから逆算すれば、人麻呂の生誕は孝徳天皇八年（六五二年）と推定される。この推定がやや強引で、もう一つ根拠に乏しいことは認めざるを得ないが、その後の人麻呂の事歴と齟齬《そご》をきたさない限り、この仮定に立って、人麻呂の生涯を辿《たど》ることとしたい。

柿本氏は第五代孝昭天皇の長子天押帯日子命《あめおしたらしひこのみこと》を祖とする、大和地方の有力な氏族である。そのことは、天武天皇一三年の八色《やくさ》の姓《かばね》制定に伴って、最上位「真人《まひと》」に次ぐ「朝臣《あそみ》」を給わったことでも、裏付けることができよう。柿本氏ゆかりの地は大和地方に天理市櫟本《いちのもと》町と葛城市柿本の二カ所があるが、橋本達雄『謎の歌聖　柿本人麻呂』（新典社）や多田一臣『柿本人麻呂』（吉川弘文館）などによれば、人麻呂の本貫（出身地）はその前者（天理市櫟本町）であるようだ。人麻呂が詠んだ自然諷詠歌の多くが、天理市から桜井市に至る山の辺の道界隈を主たる舞台としていることに鑑《かんが》みても、櫟本説は動かぬところであろう。

痛足《あなし》河　河浪立ちぬ　巻目《まきむく》の　由槻《ゆつき》が高《たけ》に　雲居《くもい》立てるらし（一〇八七）

〈現代語訳〉

穴師川《あなしがわ》に川波が立ってきた。巻向《まきむく》の弓月《ゆつき》が岳《たけ》に、雲が湧《わ》き上がっているのだろう。

『万葉集　巻第七』〈雑歌〉の部に「雲を詠む」と題された二首のうちの一首で、左注に「右の二首、柿本朝臣人麻呂之歌集に出でたり」とある。穴師川は初瀬川に注ぐ巻向川の穴師辺りでの名称であるが、それを「痛足河」と表記したのは、川原の小石が足の裏に痛かったという、この川で遊んだ少年時代の体験によるものであろうか。夏の日の夕立の来る前の自然の変化をとらえたもので、この地に暮らす者ならではの自然観察の冴えが見て取れる。『万葉集』収録以前に『柿本朝臣人麻呂之歌集』に記載されていたこの作品を、人麻呂作品に非ずとする理由は何処にもない。

足引《あしひき》の　山河《やまがわ》の瀬《せ》の　響《な》るなへに　弓月《ゆつき》が高《たけ》に　雲立ち渡る（一〇八八）

〈現代語訳〉

山川《やまがわ》の瀬が鳴り響《ひび》くのに合わせて、弓月が岳《たけ》に、雲が湧《わ》き、空を渡ってゆく。

「雲を詠《よ》む」と題された、一〇八七番歌とほぼ同じような状況を歌った作品である。前者が「河浪立ちぬ」という視覚に、後者は「響るなへに」という聴覚に、それぞれ焦点を合わせることで、躍動感あふれる自然のスケッチに成功している。「山」にかかる枕詞「足引の」には、故郷の山河を讃える言霊思想がこめられていよう。助詞「の」と「に」の巧みな音律的効果、地上から天空への目線の移動が醸し出すダイナミックな自然描写など、人麻呂特有の巧みな表現に着目すべきであろう。

巻向《まきむく》の　痛足《あなし》の川ゆ　往《ゆ》く水の　絶《た》ゆることなく　また反《かえ》り見む（一一〇〇）

〈現代語訳〉
巻向の穴師の川を、流れる水の絶えることがないように、絶えず戻ってきては、また眺めたいものだ。

黒玉《ぬばたま》の　夜《よる》さり来《く》れば　巻向《まきむく》の　川音《かわおと》高しも　嵐かも疾《と》き（一一〇一）

〈現代語訳〉
夜が来て、巻向川の瀬音が一段と高い。山の嵐が激しいのだろうか。

ここに挙げた二首は、共に「河を詠む」と題されたもので、「柿本朝臣人麻呂之歌集に出でたり」との左注が付されている。故郷の山河に寄せる思い、郷愁とでも呼べばよいのか、切ない感情が伝わってくる。前者には故郷を離れるにあたっての思いが、後者には前途に待ち受ける不吉な運命への予感が、通奏低音のように流れている。この二首には、舎人の職を解かれて、遠く讃岐国《さぬきのくに》へ赴く時の人麻呂の心境が託されているようにも思われる。人麻呂の讃岐国赴任については、「第七章　臨死自傷歌など」で触れることとする。

天武一〇（六八一）年三月、天武天皇は国家の歴史書編纂を命じた。この国家的大事業が実を結んだのは、それから三十一年後の『古事記』、並びに三十九年後の『日本書紀』の完成ということになるが、その編纂に動員された人々の中に、天武天皇の大舎人・柿本人麻呂がいたことは確かであろう。両書ともに、その完成は人麻呂死後のことであるが、人麻呂がその神話並びに天皇家を太陽神天照大神直系の子孫とする史観に通じていたことは、例えば草壁皇子への挽歌などに照らして、疑う余地がない。同じ舎人である稗田阿礼《ひえだのあれ》と同様に、人麻呂は『古事記』の編纂に深く関わっていたに違いない。とりわけ、古代歌謡の収集と編纂《へんさん》に、その才能は発揮されたはずである。

『日本書紀』には、天武一〇（六八一）年一二月、柿本猨《さる》、中臣《なかとみの》大島ら十人の小錦下（後の従五位下相当）叙位のことが記されている。この年三月、天武天皇は国家の歴史書編纂を川島皇子初め多くの臣下に命じている。中でも中臣大島（後、神祇伯《じんぎはく》となる。額田王《ぬかたのおおきみ》を妻とするか）は平群小首《へぐりのこびと》と共に「親《みづか》ら筆を執りて録す」とあり、一二月の叙位はその功績への報賞であったろうか。ここで問題になるのが、柿本猨のことである。この人物に関しては、『続日本紀』元明二（七〇八）年の項に、「四月二〇日、従四位下柿本朝臣佐留《さる》、卒《しゅつ》」の記述がある。「従四位下」は死後の叙位（追贈）と思われる。柿本人麻呂の没年は不明であるが、柿本朝臣猨（佐留）の没年が、人麻呂の没年を推測する手掛かりになるのではないか。つまり、人麻呂と猨（佐留）とは同一人物ではないが、さりとて無縁ではないであろう。

猨（佐留）は柿本氏一族の長老的存在・氏長《うじおさ》ではなかったろうか。その彼が小錦下（従五位下）を授けられたのは、天武天皇が国史編纂を命じてから九カ月後のことである。国史編纂に関わった人麻呂の存在は、猨（佐留）の叙位と無関係ではなさそうである。この推測が成り立つためには、人麻呂本人への叙位を阻む何らかの要因を想定しなければならない。さらには、猨が人麻呂の肉親（父親か長兄）であったことを前提としなければならない。なお、猨の卒（死）後の叙位（追贈）と人麻呂との関わりについては、「第九章　人麻呂の最期」で触れることとする。

第二章　住坂の女

柿本朝臣人麻呂妻歌一首

君が家に　吾が住坂の　家道《いえじ》をも　吾は忘れじ　命死なずは（五〇四）

〈現代語訳〉

（あなたの家に私が住む、という）住坂の、そのあなたの家へ通う道さえも、私は忘れないでしょう、命のある限り。

『万葉集　巻第四』〈相聞〉の部に、「柿本朝臣人麻呂妻歌一首」として収録された短歌である。この五〇四番歌の題詞について、『新潮日本古典集成』も『新編日本古典文学全集』も「柿本朝臣人麻呂が妻の歌」、つまり作者を人麻呂の妻と認定しているが、はたして、そうだろうか。「柿本朝臣人麻呂が彼の妻のことを歌った歌」と解釈すべきではないだろうか。「君が家に　吾が住（む）」が「住坂」を引き出す序詞であり、「住坂の　家道をも　吾は忘れじ」とは、「（あなたのことは言うまでもなく）住坂のあなたの家へ通う道さえも、私は忘れないでしょう」という意味である。当時の婚姻形態は男が女の家に通う「通い婚」であったのだから、作者は男でなければならない。したがって、作者は人麻呂の妻ではなく、人麻呂その人と見做すべきであろう。

住坂は奈良県の東部、伊勢に通じる道中の坂の名である。現・奈良県宇陀市の榛原駅近くに墨坂神社があり、そのあたりだとすれば、女のもとへは馬で通ったとしても、櫟本からも、飛鳥浄御原宮からも、相当な距離である。容易には逢えなかったであろう。

行路《ぎょうろ》

遠くありて　雲居に見ゆる　妹が家に　早く至らむ　歩め黒駒（一二七一）

〈現代語訳〉

遠く、遥か雲の彼方にある、あの人の家に、早く辿り着きたいものだ。さぁ、しっかり歩め、黒毛の馬よ。

右は『万葉集　巻第七』〈雑歌〉に「右一首、柿本朝臣人麻呂之歌集出」と左注された作品であるが、人麻呂作と認定してよいだろう。「行路」は「道路」のこと。飛鳥の地から住坂までは細く曲がりくねった坂道で、馬を容易に走らせるわけにはいかなかったようである。

「住坂の女」への思いを、人麻呂は次のように歌っている。

未通女《おとめ》らが　袖振山《そでふるやま》の　水垣《みずかき》の　久しき時ゆ　憶《おも》ひき吾《あれ》は（五〇一）

〈現代語訳〉

娘たちが袖を振るという名の布留山《ふるやま》の、神域の垣根のように、久しい昔から、あなたのことを思っていたのですよ、この私は。

『万葉集　巻第四』〈相聞〉の部に、「柿本朝臣人麻呂歌三首」と題して収録された三首のうち、最初の作品である。布留山の神域とは、人麻呂の家近くにある石上神宮のことである。「未通女らが　袖振る」が「布留山」を導き出す序詞であり、「未通女らが」から「水垣の」までが「久しき」を導き出す序詞である。要するに、「久しき時ゆ　憶ひき吾は」というのが、表現したいことの全てであり、人麻呂ならではの巧みな修辞法（レトリック）を駆使した歌である。「袖振る」は男女間での愛情表現で、振（布留）山とは人麻呂の家の近くにある石上神宮の神域（現・奈良県天理市街東方の山地）のこと、水垣（瑞垣）とは神域を区切る常緑樹の垣根を指す。

夏野去《ゆ》く　小牡鹿《おしか》の角の　束《つか》の間も　妹《いも》の心を　忘れて念《おも》へや（五〇二）

〈現代語訳〉

夏野を遠ざかってゆく小鹿の短い角のような、ほんの短い間でも、あなたの心を忘れることなどできようか。

「柿本朝臣人麻呂歌三首」（『万葉集　巻第四』）の二番目の作品である。「住坂の女」と一夜を共にした後の、後朝《きぬぎぬ》の歌であろうか。「夏野去く小牡鹿の角の」は「束の間」を導き出す序詞であり、「夏野去く　小牡鹿」に自らを重ね合わせたものである。最終句に「思」でなく「念」とあるのは、狂おしいほどの切なさを表現したかったからであろう。

ところで、『万葉集　巻第七』〈雑歌〉の部の冒頭に「右一首、柿本朝臣人麻呂之歌集出」と左注された歌がある。

天を詠む

天《あめ》の海に　雲の波立ち　月の船　星の林に　漕《こ》ぎ隠《かく》る見ゆ（一〇六八）

〈現代語訳〉

天空の海に雲の波が立って、月の船が、無数の星々の林の中へと、漕ぎ隠れてゆくのが見える。

この一〇六八番歌は『柿本朝臣人麻呂之歌集』で筆頭に置かれた歌に違いない。つまり、人麻呂の作歌生活の中で、最も早い時期の作品であろう。おそらく、天武天皇の宮中では、七夕の夜に夜空を眺めながら歌を詠みあう宴が開かれたであろう。それが人麻呂を歌の世界へと誘うきっかけであったかもしれない。

『万葉集　巻第十』には、「秋の雑歌　七夕」と題する連作三十八首が掲載されており、その左注に「右、柿本朝臣人麻呂之歌集に出でたり」と記されている。

いずれも牽牛星と織女星との年に一度の出逢いを詠んだものと解釈されているが、それらの歌の背後には、「住坂の女」と人麻呂との関係が仮託されているように思われる。しかも、注目すべきは、難訓歌とされる連作最終短歌「天漢　安川原　定而　神競者　磨待無」（二〇三三）に、「此歌一首、庚辰《こうじん》年作之」という左注が付されていることである。人麻呂在世時を前提とした場合、庚辰の年は天武九（六八〇）年に当たるから、七夕歌連作三十八首の制作年時は、天武九年と推定される。人麻呂が舎人に採用されて七年後、二八歳の年である。したがって、人麻呂の「住坂の女」との交情は、その天武九（六八〇）年前後のことと推測される。

天地《あめつち》と　別れし時ゆ　自《おの》が孋《つま》　しかぞ離《か》れてあり　秋待つ吾《あれ》は（二〇〇五）

〈現代語訳〉

天と地とが分かれた時から、わが妻とは、こんなにも離れ離れに暮らしてきた。だから、今はひたすらに秋を待っているのだ、この私は。

人麻呂が自分の置かれた立場を牽牛星（彦星）に託した歌であろう。「秋待つ吾は」とは、一年に一度、七夕の日にだけ逢うことを許された牽牛星と織女星に、人麻呂自身と「住坂の女」を喩えているのである。「孋《つま》」は人麻呂特有の表記で（人麻呂の造字であろう）、そこには「住坂の女」に対する作者の思いの丈が込められていよう。

ひさかたの　天《あま》つしるしと　水無《みな》し川　隔《へだ》てておきし　神代《かみよ》し恨《うら》めし
（二〇〇七）

〈現代語訳〉
天上世界の目印として、水無し川（天の河）を隔てに置いた、神代が恨めしい。

遥嬬《とおづま》と　手枕易《たまくらか》へて　寝たる夜は　鶏《とり》が音《ね》な動《ひび》きそ　明けば明けぬとも

（二〇二一）

〈現代語訳〉

遥か遠くに住む、わが愛《いと》しい人と、ようやく共寝できた夜は、鶏の鳴き声よ、どうか響かないでおくれ、たとえ夜が明けても。

「天の河」を「水無し川」と表現したのは、天空にある川ゆえ当然のこととしても、同時に大和川の上流・初瀬川とさらにその上流・吉隠《よなばり》川あたりの実景が、反映されているのかもしれない。牽牛星にとって織女星が〈遥嬬《とおづま》〉であるように、人麻呂にとって「住坂の女」も〈遥嬬〉であったが、二人の間を隔てたのは、はたして地理的な条件だけであったろうか（なお、この「嬬《つま》」は人麻呂の造字であろう）。

朱《あか》らひく　色妙《いろぐわ》し子を　数《しば》見れば　人妻ゆゑに　吾《あれ》恋ひぬべし（一九九九）

〈現代語訳〉

ほんのりと紅い頬をした、美しい人、あの人をしばしば見ていると、人妻とは知りながら、私は恋に陥ちてしまいそうです。

『万葉集　巻第十』〈秋の雑歌〉の部に「右、柿本朝臣人麻呂之歌集出」と左注された三十八首のうちの一首である。この歌は、「住坂の女」が人妻であり、そのことが二人を隔てる最も大きな障壁であったことを物語っている。複数の妻を持つことが許されていた当時の社会で、人妻のもとへ通うことは、どのように考えられていたのだろうか。

大納言兼大将軍大伴卿の歌一首

神樹《かむき》にも　手は触《ふ》ると云ふを　うつたへに　人妻と云へば　触れぬものかも

（五一七）

〈現代語訳〉

神聖な御神木でさえ、手を触れることはあるというのに、人妻というのは、触れてはならないものなのだなあ。

『万葉集　巻第四』〈相聞〉の部、大伴家持の祖父・大伴安麻呂の作であるが、当時にあっても、人妻のもとへ通うことは重大なタブーであったようだ。人麻呂が「住坂の女」のことを「遥媄《とおづま》」と呼んだのは、地理的な理由だけではなかったであろう。

八千戈《やちほこ》の　神の御世《みよ》より　乏《とも》し孋《づま》　人知りにけり　継《つ》ぎてし思へば

（二〇〇二）

〈現代語訳〉

大国主命《おおくにぬしのみこと》の神代《かみよ》以来、めったに逢えない麗《うるわ》しい貴女《あなた》、その貴女のことを、人に知られてしまった、ずっと思い続けているものだから。

『万葉集　巻第十』〈秋の雑歌〉の部に「七夕」と題して収録された全三十八首の一つ、「右、柿本朝臣人麻呂之歌集に出でたり」との左注が付されている。「八千戈の　神」とは、出雲神話の英雄・大国主命《おおくにぬしのみこと》のことである。因幡《いなば》の八上姫《やかみひめ》の場合も、越《こし》の沼河姫《ぬなかわひめ》の場合も、八千戈の神（大国主命）の妻問い（求婚）は遠隔地への困難な旅を必要とした。人麻呂は自らの恋を神話的世界と重ねているのである。しかしながら、世の掟《おきて》に背いた恋に、世人の厳しい指弾が投げつけられるのは、いつの世も変わりがない。想像をたくましくすれば、人麻呂が「住坂の女」を知ったのは、彼女が宮中で働いていた時ではなかったろうか（『古事記』仁徳天皇の条には、皇后の身近に仕える「倉人女《くらひとめ》」が登場する）。人麻呂との噂が立って、彼女は宮中から身を引くに至ったかもしれない。彼女の夫が地方官庁へ赴任中の出来事であったかもしれない。

赤駒《あかごま》の　足掻《あが》き速《はや》けば　雲居にも　隠《かく》り往《ゆ》かむぞ　袖《そで》巻け吾妹《わぎも》（二五一〇）

〈現代語訳〉
栗毛《くりげ》の牡馬《おすうま》は脚が速いから、雲居遥か、誰にも知られず出掛けよう、貴女と共寝をするために。

右は、『万葉集　巻第十二』の〈古今相聞往来歌之上　問答〉に「以前一百四十九首、柿本朝臣人麻呂之歌集出」と左注された歌群の末尾近くに収録された三首の歌の冒頭で、後の二首はこれに応えた女（住坂の女）の歌であろう。

隠口《こもりく》の　豊泊瀬道《とよはつせじ》は　常滑《とこなめ》の　恐《かしこ》き道ぞ　汝《な》が心ゆめ（二五一一）

〈現代語訳〉
泊瀬の道は滑りやすい、恐ろしい道ですよ。貴方、油断しないでね、けっして。

「隠口の」は「泊瀬」の枕詞。「豊」は「泊瀬」の美称。末句「汝心由眼」は、ある本によれば「恋由眼」、その場合、ある注釈書は「恋ふらくはゆめ」と訓じて、「恋に心を奪われて、馬の操縦を誤るな」と解釈している。

味酒《うまさけ》の　三毛侶《みもろ》の山に　立つ月の　見が欲《ほ》し君が　馬の音ぞする（二五一二）

〈現代語訳〉
（三輪《みわ》山に上る月を待ちかねるように）逢いたかった貴方、その貴方を乗せた馬の脚音が近づいてきますわ。

「味酒の」は「三毛侶（三諸《みもろ》）」の枕詞。三諸の山とは、住坂西方の三輪山のこと。人麻呂の手が入っているかもしれないが、住坂の女もなかなかの詠み手であり、その教養の高さが偲ばれよう。

雷神《なるかみ》の　小《しば》し動《とよも》し　さし曇り　雨も降らぬか　君を留《とど》めむ（二五一三）

〈現代語訳〉

雷鳴が暫く鳴り響いて、にわかに曇ってきましたわ。雨も降ってくれないかしら、そうしたら、貴方を引きとめることができるのに。

雷神《なるかみ》の　小《しば》し動《とよも》し　降らずとも　吾《あ》は留《とど》まらむ　妹《いも》し留《とど》めば（二五一四）

〈現代語訳〉

雷鳴が暫く鳴り響いているようだが、たとえ雨が降ってこなくても、私は貴女の家に泊ることにしよう、貴女が泊めてさえくれるなら。

この問答歌が雄弁に物語っているように、人麻呂と住坂の女とは相思相愛の間柄であったに違いない。しかしながら、その夫の帰任によってか、周囲の非難中傷によってか、人麻呂と住坂の女との関係は長くは続かなかったようだ。二、三年後、二人の関係は終焉を迎えたのではなかろうか。人麻呂二十代後半のことと推測される。しかしながら、人妻である住坂の女との禁断の恋は、大舎人・柿本人麻呂にとって、官僚として世に出る上で大きな躓《つまず》きの石となったに違いない。

第三章　近江荒都歌など

朱鳥《あかみとり》一（六八六）年九月、天武天皇は治世十五年、志半ばで崩御、五十六歳であった。主を失った人麻呂は、その後、天武の後継者・草壁（日並《ひなみしの》）皇子の舎人となったであろう。ところが、草壁皇子は病弱で、天武崩御の三年後、即位しないままに薨去、享年二十八歳であった。この時、人麻呂は三十七歳になっていたが、草壁皇子の殯宮に長歌一首、短歌二首の挽歌を捧げた。

日並皇子尊《ひなみしのみこのみこと》の殯宮《あらきのみや》の時に、柿本朝臣人麻呂が作る歌一首

天地《あめつち》の　初めの時の　ひさかたの　天《あま》の河原に　八百万《やおよろず》　千万神《ちよろずかみ》の　神集《かむつど》ひ

集ひいまして　神《かむ》はかり　はかりし時に　天照らす　日女《ひるめ》の命《みこと》　天《あめ》をば知らしめすと　葦原《あしはら》の　水穂《みずほ》の国を　天地の　寄り合ひの極《きわ》み　知らしめす神の命《みこと》と　天雲《あまくも》の　八重《やえ》かき分けて　神下《かむくだ》し　いませまつりし　高照《たかて》らす日《ひ》の皇子《みこ》は　飛ぶ鳥の　浄之宮《きよみのみや》に　神《かむ》ながら　太敷《ふとし》きまして　天皇《すめろき》の　敷きます国と　天《あま》の原　石門《いわと》を開き　神上《かむあが》り　上《あが》りいましぬ　吾《あ》が王《おおきみ》　皇子《みこ》の命《みこと》の　天《あめ》の下　知らしめしせば　春花の　貴くあらむと　望月の　満《たた》しけむと　天の下　四方《よも》の人の　大船《おおぶね》の　思ひ頼みて　天つ水　仰ぎて待つに　いかさまに　念《おも》ほしめせか　由縁《つれ》もなき　真弓《まゆみ》の岡に　宮柱《みやばしら》　太敷《ふとし》きいましみあらかを　高知りまして　明言《あさこと》に　御言問《みこととと》はさぬ　日月《ひつき》の　数多《まね》くなりぬれ　そこ故に　皇子《みこ》の宮人《みやひと》　行くへ知らずも（一六七）

〈現代語訳〉

天地の始まりの時、天の河原に多くの神々がお集まりになって、相談を重ねられた時に、天照らす日女の命は天上世界をお治めになる神として、葦原の瑞穂の国を天と地の寄りあう果てまでもお治めになる神を、幾重もの天雲をかき分けて、お下しになった。（その神ニニギノミコト直系の子孫である天武天皇は）飛鳥浄御原の宮殿でこの国を御統治になり、この国は代々天皇が治める国であるして、天の岩戸を開いて、天上世界へ登っていってしまわれた。（これから）わが大君日並（草壁）皇子が天下をお治めになればば、春の花のように盛んで、満月のように欠けることなく、国中のあらゆる人が大船に乗った思いで頼りにし、また恵みの雨を仰ぎ待つ思いでいたのに、何とお思いになられたことか、無常にも真弓の岡に太い宮柱をお立てになって、殯宮《もがりのみや》を高々と営まれ、朝ごとのお言葉をかけられることもないままに、月日も過ぎ去ってしまった。それ故に、日並皇子にお仕えする舎人たちは、ただ途方に暮れるばかりです。

日並（草壁）皇子薨去の時点で、天の岩戸や天孫降臨などの神話を皇室の神格化にむすびつける歴史観は、同時代人共有のものではなかったはずである。天上世界の統治者を「天照大神《あまてらすおおみかみ》」ではなく、「天照《あまてらす》　日女之命《ひるめのみこと》」としているところにも、編集段階での神話観であることが分かる。同じ舎人である稗田阿礼《ひえだのあれ》と同様に、人麻呂は『古事記』の編集に深く関わっていたに違いない。とりわけ、古代歌謡の採集と編纂に、その才能は発揮されたはずである。

ところで、日並（草壁）皇子の殯宮に捧げられた挽歌は、その結び（「皇子の宮人　行くへ知らずも」）が物語るように、草壁皇子の舎人でなければ、作れない長歌である。この長歌には反歌二首が添えられており、その一首は次のように歌われている。

あかねさす　日は照らせども　ぬばたまの　夜渡る月の　隠《かく》らく惜しも

（一六九）

〈現代語訳〉

太陽は照らしていますが、夜空を渡る月が隠れてしまったのは、何として
も惜しまれてなりません。

この場合、「月」は草壁皇子であり、「日」は鸕野讃良皇女《うののさらのひめみこ》（天武天皇の皇后、草壁皇子の母、即位して持統天皇）のことであろう。ここに紹介した挽歌に次いで、『万葉集　巻第二』〈挽歌〉の部は「（草壁）皇子尊の宮の舎人等が慟傷《どうしょう》して作る歌二十三首」を載せている。

高光る　我が日の皇子《みこ》の　万代《よろずよ》に　国知らさまし　嶋の宮はも（一七一）

〈現代語訳〉

輝くわが日の皇子（草壁皇子）が末永く国を治められるはずであった嶋の
宮であるのに、ああ。

高光る　吾《あ》が日の皇子《みこ》の　いましせば　嶋の御門《みかど》は　荒れざらましを
（一七三）

〈現代語訳〉

輝くわが日の皇子（草壁皇子）が生きていらっしゃったら、嶋の宮は荒れなかったろうに。

「高光る」は「我（吾）が日の皇子」すなわち日並《ひなみし》（草壁）皇子への尊崇を込めた枕詞と見做すべきで、多分、人麻呂の創作になるものであろう。島の宮は草壁皇子の宮殿があったところで、飛鳥島之庄の石舞台古墳あたりと考えられている。かつて蘇我氏の邸宅があったとされる地でもあるが、主を失って荒廃に赴くさま、無常迅速であることが詠嘆されている。

天地《あめつち》と　共に終へむと　念《おも》ひつつ　仕《つか》へ奉《まつ》りし　情違《こころたが》ひぬ（一七六）

〈現代語訳〉

この世の終わりまでもと思いながら、お仕えしてまいりましたのに、思いは断たれてしまいました。

東《ひむがし》の　多芸《たぎ》の御門《ごもん》に　侍《さもら》へど　昨日も今日も　召す言《こと》もなし（一八四）

〈現代語訳〉

嶋の宮の東、多芸の御門に伺候しておりましても、昨日も今日も、われらをお呼びになるお言葉は、聞かれなくなってしまいました。

ある注釈書では、「多芸の御門」を「たぎのみかど」と訓ませているが、そうすると、島の宮の東方にもう一つ、草壁皇子の宮殿があったことになる。ここは、島の宮の東側に「多芸」と呼ばれる門があった、と考えるべきであろう。昭和六二年の島庄発掘調査によれば、明日香川の支流細川から引いた水路が東高西低、段差を設けて迸るように設計されてあったとのこと、ちなみに「多芸」は「激《たぎ》つ」の「タギ」であろう。また、この歌からは、皇族の住まう宮殿の門を守ることも、舎人の職責の一つであったことがうかがえる。

朝日照る　佐田《さだ》の岡辺《おかへ》に　鳴く鳥の　夜鳴きかへらふ　この年ころを

（一九二）

〈現代語訳〉

朝日の照る佐田の岡辺で鳴く鳥のように、夜は泣き続けたことだ、この一年は。

佐田の岡辺とは、奈良県高市郡高取町佐田の丘陵地帯で、草壁皇子（岡宮天皇）陵のある地。「夜鳴きかへらふ」とあるのは、舎人に課せられた殯宮儀礼として、棺のまわりを身体を傷めつけながら匍匐《ほふく》して、八日八夜泣きつづける習俗があったことの投影であろう。ここには全二十三首のうち五首を紹介したにすぎないが、これだけ多くの舎人達が、こぞって挽歌を捧げたことは、後にも先にも例のないことで、人麻呂の提唱と歌作指導によるものと考えられる。短期間とはいえ、人麻呂が草壁皇子の舎人であったことは、疑う余地がない。

草壁皇子薨去の翌六九〇年一月、持統天皇が即位すると、人麻呂は天皇直属の大舎人として、持統天皇の側近くに仕えることになったであろう。持統天皇は、その諡名《おくりな》「高天原広野姫天皇」が物語るように、太陽神天照大神を彷彿とさせる女帝であり、その統治システムは、邪馬台国の女王卑弥呼のケースにも似て、ある種のヒメヒコ制を採ったように思われる。つまり、高市皇子や多治比（丹比）真人嶋らに実務を委ね、自らは宗教的儀式の主催者として振る舞ったのではなかろうか。在位中の異常とも言える頻繁な行幸の謎を解く鍵は、そのあたりにあるだろう。その場合、神々への言霊《ことだま》の発信者として、歌人・柿本人麻呂の才能が重く用いられたであろうことは、容易に想像される。持統天皇在位のほぼ十年間、人麻呂は宮廷歌人として、その才能を存分に発揮したのであった。

近江の荒れたる都を過ぎる時、柿本人麻呂が作る歌

玉だすき　畝傍《うねび》の山の　橿原《かしはら》の　聖《ひじり》の御世《みよ》ゆ　生《あ》れましし　神のことごとつがの木の　いや継ぎ継ぎに　天《あめ》の下　知らしめししを　天《そら》にみつ　倭《やまと》を置きて　あをによし　平山《ならやま》を越え　いかさまに　思ほしめせか　天離《あまざか》る　鄙《ひな》にはあれど　石走《いわばし》る　淡海《おうみ》の国の　楽浪《ささなみ》の　大津の宮に　天の下　知らしめしけむ　天皇《すめろき》の　神の御言《みこと》の　大宮は　ここと聞けども　大殿《おおとの》は　ここと言へども　春草の　茂く生ひたる　霞立ち　春日《はるひ》の霧《き》れる　ももしきの　大宮処《どころ》　見れば悲しも（二九）

〈現代語訳〉

畝傍山麓の橿原で即位された神武天皇以来、お生まれになった歴代の天皇が、代々大和で天下を治めてこられたのに、その大和を捨てて、奈良山を

越えて、一体どのようなお考えだったのだろうか、大和を離れた鄙の地なのに、近江の国の大津の宮で、天下を治められたのは。その天智天皇の都はここだと聞くけれど、宮殿はここだと言うけれど、春草が茂り、霞が立ち、春の太陽の霞む、都の廃墟を眺めていると、言いようもなく悲しいことだ。

反　歌

楽浪《ささなみ》の　思賀《しが》の辛崎《からさき》　幸《さき》くあれど　大宮人の　船待ちかねつ（三〇）

〈現代語訳〉

志賀の唐崎は今も波止場の姿を留めているけれど、都人を載せた船は、どんなに待っても、もうやってくることはないのだ。

ささなみの　志我《しが》の大わだ　よどむとも　昔の人に　亦も相《あ》はめやも（三一）

〈現代語訳〉

志賀の大わだは、今も変わらず淀んでいるけれど、昔の人にまたと会うことができるだろうか、否、もう会うことはできない。

ここに紹介した『万葉集　巻第一』〈雑歌〉の部収録の「柿本人麻呂作歌」三首は、持統天皇の近江行幸に従駕した折の作（「近江荒都歌」と呼ばれる）である。この時の行幸が公的な記録（後の『日本書紀』）に残されなかったのは、壬申の乱に関わった廷臣たちへの配慮によるものかもしれない。持統天皇にとって、夫・天武天皇の武装蜂起によって滅亡した近江朝廷は、父・天智天皇の夢の跡でもあり、その地で非業の死を遂げた人々のことは、女帝の脳裏から離れることはなかったであろう。天武天皇の突然の死、大津皇子の謀反、わが子草壁皇子の死、持統天皇にとっては仰天動地の出来事が相次いだわけであるから、天智天皇ゆかりの地を訪ねて、悲運に倒れた死者たちの霊を鎮魂することは、持統女帝の悲願であったに違いない。

「近江荒都歌」三首のうち、長歌（二九番歌）はさして長くもないのに、「玉だすき」、「つがの木の」、「天にみつ」、「あをによし」、「天離る」、「石走る」、「楽浪の」、「ももしきの」と八種類もの枕詞が使われている。語調を整える効果も計算されてはいようが、これらの枕詞を冠せられた言葉に生命力を吹き込もうとする、いわば言霊思想の成果でもあろう。それによって、壬申の乱に倒れた人々の霊魂を鎮めようとしたのである。

『万葉集　巻第一』はほぼ年代順に作品が配置されている。したがって、持統天皇御製歌（二八）の次に「近江荒都歌」（二九）が配置されていることは、近江行幸が持統即位後、間もなくであったことを物語っていよう。「近江荒都歌」は、人麻呂が持統天皇になり代って作った、天智天皇を初め近江朝廷ゆかりの人々への鎮魂歌であった。

柿本朝臣人麻呂の歌一首

淡海《おうみ》の海　夕浪千鳥　汝《な》が鳴けば　情《こころ》もしのに　古《いにしえ》念《おも》ほゆ（二六六）

〈現代語訳〉

近江の海の夕波に浮かぶ千鳥よ、お前が鳴くと、私の心もしきりに昔のことが偲ばれる。

『万葉集　巻第三』（雑歌）に収録された短歌である。「近江荒都歌」（二九―三一）と制作時は同じであったはずであるが、この一首だけを切り離して、「柿本朝臣人麻呂作歌」でも「柿本朝臣人麻呂之歌集出」でもなく、「柿本朝臣人麻呂歌」として、『万葉集　巻第三』に載せたのは誰で、その意図は何だったろうか。「近江荒都歌」を公的な歌とすれば、二六六番歌は人麻呂自身の「情《こころ》」を吐露した、私的な歌であろう。偲ばれる「古《いにしへ》」とは、「住坂の女」との遠く切ない恋の思い出であったかもしれない。

第四章　阿騎野遊猟歌など

　ところで、持統天皇はその在位中に三十一回、その前後に三回、計三十四回に及ぶ吉野離宮への行幸を果たしている。平均すれば、年にほぼ三回ということになるが、その目的は何であったのだろうか。例外的には一週間に及ぶ滞在期間もあるが、そのほとんどは全行程二、三日間、実質的な吉野滞在は極めて短く、静養が目的であったとも思えない。大舎人として持統天皇の行幸に臣従したであろう人麻呂には、吉野行幸の折に歌われた長歌並びに短歌各二編が、『万葉集　巻第一』〈雑歌〉の部に収録されている。

吉野の宮に幸《いでま》す時に、柿本朝臣人麻呂が作る歌

やすみしし　吾が大王《おおきみ》の　きこしめす　天の下に　国はしも　さはにあれど
も　山川の　清き河内《こうち》と　御心を　吉野の国の　花散らふ　秋津の野辺に
宮柱　太敷きませば　ももしきの　大宮人は　船並《な》めて　朝川渡り　舟競《ふなきそ》ひ
夕河渡る　この川の　絶ゆることなく　この山の　いや高知らす　水激《たぎ》る
滝の都は　見れど飽かぬかも（三六）

〈現代語訳〉

わが大王がお治めになる天下に国は沢山あるけれど、なかでも山川の清らかな谷あいの地として、御心を寄せられた吉野の国の秋津の野辺に宮柱をしっかりとお建てになったので、大宮人は船を並べて朝の川を渡り、小舟を漕ぎ競って夕べの川を渡る。この川の流れの絶えることがないように、この山のいよいよ高く聳えるように、流れの激しい滝の都は、いくら見て

も見飽きることがない。

反　歌

見れど飽かぬ　吉野の河の　常滑《とこなめ》の　絶ゆる事無く　復還《またかえ》り見む（三七）

〈現代語訳〉

いつまで見ていても見飽きない常滑（水の流れに磨かれた岩石）の絶えることがないように、また戻ってきて、この滝の都を眺めよう。

やすみしし　吾が大王《おおきみ》　神ながら　神さびせすと　芳野川　激《たぎ》つ河内《こうち》に　高殿を　高知りまして　上《のぼ》り立ち　国見をせせば　たたなはる　青垣山　山神《やまつみ》の　奉《まつ》る御調《みつき》と　春へには　花かざし持ち　秋立てば　黄葉《もみち》かざせり　逝《ゆ》きそふ　川の神も　大御食《おおみけ》に　仕《つか》へ奉《まつ》ると　上《かみ》つ瀬に　鵜川《うかわ》を立ち　下《しも》つ瀬に　小網《さで》刺し渡す　山川も　依《よ》りて奉《つか》ふる　神の御代《みよ》かも（三八）

〈現代語訳〉

天下をお治めになるわが大王は、神として、神らしく振る舞われようと、吉野川の流れ激しい谷あいに、高殿を高々とお築きになって、登り立って国見をなさると、幾重にも重なった山々には、山の神が貢ぎ物として、春には花を、秋には紅葉葉を、山の頂に飾る。高殿に添って流れる川の神も、大王のお食事にお仕えしようと、上流では鵜飼を催し、下流では網を張り渡す。山の神も川の神も、心から大王にお仕えする、神の御代であることよ。

山川も　因《よ》りて奉《つか》ふる　神ながら　たぎつ河内《こうち》に　船出せすかも（三九）

〈現代語訳〉

山の神も、川の神も、心からお仕えする大王は、神に相応しく、この激流渦巻く谷あいに、船出をなさることだ。

ここに紹介した『万葉集　巻第一』〈雑歌〉四首の左注に拠れば、これらの歌は持統三年から五年までの間に行われた吉野行幸の、いずれかの折に詠まれた歌であるらしい。人麻呂三十七歳から三十九歳までの作ということになる。これらの歌によって、吉野離宮には高殿が築かれ、そこで天皇による国見がなされ、さらには舟遊びが催され、食膳に鮎が供されたことなどが伺われるものの、吉野への度重なる行幸の説明としては、今一つ具体性に欠けると言わねばなるまい。考えられることは、持統天皇にとって、吉野は亡き夫・天武天皇の壬申の乱旗揚げの地であり、そこでの宗教儀式は持統天皇の治世に大きな比重を占めていたであろうことである。

ところで、藤原京遷都の翌持統九（六九五）年一〇月、『日本書紀』は持統天皇（即位後六年）の宇陀吉隠《うだよなばり》行幸を記録している。新編日本古典文学全集『日本書紀』（小学館）では、「この時の天皇行幸の理由は未詳」とされているが、その手掛かりは次の人麻呂作歌（『万葉集　巻第一』）〈雑歌〉にあるだろう。

軽皇子《かるのみこ》、安騎野《あきの》に宿れる時、柿本朝臣人麻呂の作る歌

やすみしし　吾が大王　高照らす　日の皇子　神《かむ》ながら　神さびせすと　太《ふと》敷《し》かす　京《みやこ》を置きて　隠口《こもりく》の　泊瀬山《はつせのやま》は　真木《まき》立つ　荒き山道《やまじ》を　石《いわ》が根禁樹《さえき》押しなべ　坂鳥の　朝越えまして　玉かぎる　夕さり来れば　み雪落《ふ》る阿騎の大野に　旗すすき　篠《しの》を押しなべ　草枕　旅宿りせす　古《いにしえ》念《おも》ひて

（四五）

〈現代語訳〉

わが大君、太陽神の御子・軽皇子は、より神に相応しい振る舞いをされようと、都を離れ、死霊のこもる初瀬の山の、杉檜の高く聳える荒れた山径の岩や倒木を踏みまたぎ、朝にはその山径を超え、夕には霙降る阿騎の大野に芒や篠竹を踏み敷いて、旅寝をなさいます、亡き父君・草壁皇子の昔

を偲んで。

短　歌

阿騎の野に　宿る旅人　うち靡《なび》き　寐《い》も宿《ぬ》らめやも　いにしへ念《おも》ふに（四六）

〈現代語訳〉

阿騎の野に野宿するわれわれ旅人は、くつろいで寝てなどいられようか、昔のことを思うにつけて。

ま草刈る　荒野にはあれど　黄葉《もみじは》の　過ぎにし君の　形見とそ来し（四七）

〈現代語訳〉

ここは荒れた野原ではあるが、今は亡き主君（草壁皇子）形見の地としてやってきたのだ。

東《ひむがし》の　野に炎《ともしび》の　立つ見えて　反《かえ》り見すれば　月西渡《かたぶきぬ》（四八）

〈現代語訳〉

東の野には、夜明けの光のさし上ってくるのが見えて、振り返って見れば、月は西の方へと傾いている。

日双《ひなみし》の　皇子《みこ》の命《みこと》の　馬なめて　御狩《みかり》立たしし　時は来向かふ（四九）

〈現代語訳〉

日並皇子尊（草壁皇子）が馬を並べて、狩り場にお立ちになった、同じその時刻が、ついにやってきたことだ。

阿騎野とは、宇陀野のこと。吉隠《よなばり》からは南方、吉野への途中にある丘陵地帯である。体調の優れなかった草壁皇子にとって、阿騎野は、鹿を追って馬を走らせた、薬狩りの故地であったろう。霙降る初冬の阿騎野行き、しかも夜明けを待っての「御狩」とは、何であったのだろうか。考えられることはただ一つ、太陽の復活を祝う冬至の日を選んで、草壁皇子の霊魂の宿る地で、その霊魂（天皇霊）を皇位継承者・軽皇子に移すこと、それは同時に軽皇子の成人式でもあったはずである。この時、軽皇子は十三歳、ちなみに持統天皇五十一歳、人麻呂四十三歳であった。

阿騎野遊猟歌のうち、最も人口に膾炙した歌は「東《ひむがし》の野《ぬ》に炎《かげろひ》の立つ見えてかえり見すれば月かたぶきぬ」（四八番歌）であろう。賀茂真淵によって定着した訓《よ》みではあるが、「炎」を「かげろひ」とは訓《よ》めない。二一〇番歌（泣血哀慟歌）に照らして明らかなように、人麻呂は「かげろひ」には「蜻火」という漢字を当てているからである。それに、この歌の背景は冬であって、陽炎《かげろう》の見られる春ではない。「炎」の原義は「火の穂先（ほのほ）」であるが、この歌の場合は日の出前の黎明《れいめい》を指しており、「乏し日（ともしび）」と訓《よ》むべきではないか。ここで思い起こされるのが、日並（草壁）皇子への挽歌（「あかねさす　日は照らせども　ぬばた

まの　夜渡る月の　隠《かく》らく惜しも」一六九番歌）である。西の夜空を渡る月は、両歌ともに亡き草壁皇子であるが、「阿騎野遊猟歌」の場合、東の空から登ろうとしている太陽は、十三歳の少年皇太子・軽皇子のことであろう。人麻呂作「阿騎野遊猟歌」は天皇霊の継承儀礼を歌ったものであって、阿騎野の自然の景観を詠んだものではない。しかしながら、このことは、人麻呂の国民的歌人としての声価を貶めることにはならないであろう。

第五章　人麻呂挽歌考

人麻呂の作った挽歌のうち、皇族への儀礼的な挽歌の最初は日並（草壁）皇子への挽歌（前出）であり、次いで泊瀬部皇女《はつせべのひめみこ》と忍坂部《おさかべ》（忍壁、刑部）皇子とに奉った挽歌であった。

　柿本朝臣人麻呂が泊瀬部皇女と忍坂部皇子とに献る歌一首

飛ぶ鳥の　明日香《あすか》の河の　上《かみ》つ瀬に　生《お》ふる玉藻《たまも》は　下《しも》つ瀬に　流れ触《ふ》らば
ふ　玉藻なす　か寄りかく寄り　靡《なび》かひし　嬬《つま》の命《みこと》の　たたなづく　柔膚《やわはだ》す
らを　剣刀《つるぎたち》　身に副《そ》え寝《い》ねば　烏玉《ぬまたま》の　夜床《よとこ》も荒るらむ　そこ故に　慰めか

ねて　けだしくも　逢ふやと思ひて　玉垂《たまだれ》の　越智《おち》の大野の　朝露に　玉裳はひづち　夕霧に　衣は濡れて　草枕　旅寝かもする　相《あ》はぬ君故（一九四）

〈現代語訳〉

明日香川の川上に生い茂る川藻が川下へと流されて、川藻と川藻とが寄り添って流れに靡くように、互いに身を重ねて寝た妻（泊瀬部皇女）のやわ肌を、今はわが身に添えて伏すこともかなわぬので、夜の床も荒れるばかり、それ故に自らを慰めるすべもなく、もしや逢うこともあろうかと、越智の大野の朝露に裳裾を濡らし、夕霧に衣を濡らして、旅寝をすることだ、逢えない君故に。

反歌一首

敷妙《しきたえ》の　袖易《そでか》へし君　玉垂《たまだれ》の　越野《おちの》過ぎ去《ゆ》き　亦も相《あ》はめやも（一九五）

〈現代語訳〉

袖を交わして共寝した君よ、越智の大野に隠れてしまった私は、また君と逢えるだろうか、否、もう逢うことはできないのだ。

右の挽歌（『万葉集　巻第二』所収）には、次の左注が付記されている。

右、ある本に曰く、河嶋皇子越智野に葬られし時、泊瀬部皇女に献る歌也。日本紀に云はく、朱鳥五年、辛卯秋九月己巳朔丁丑浄大参皇子川嶋薨ずと。

『万葉集』の注釈書のうち、『新潮日本古典集成』（新潮社）と『新編日本古典文学全集』（小学館）によれば、柿本人麻呂が泊瀬部皇女になり代わって、皇女の亡き夫・川島皇子に呼びかけた歌、と解釈されているようである。ところが、『万葉集』の原文によれば、呼びかける相手は「嬬乃命《つまみこと》」（すなわち泊瀬部皇女）であって、「夫乃命《つまみこと》」（すなわち川嶋皇子）ではない。そのことは、直後の「柔膚《やわはだ》す

らを　剣刀《つるぎたち》　身に副《そ》え寝《い》ねば」という言葉によっても証明できよう。作者である柿本人麻呂が、亡き川嶋皇子になり代わって、後に残された泊瀬部皇女に向けて、黄泉の国から呼びかけた歌として、解釈すべきであろう。

川嶋皇子も忍壁皇子も、共に天武天皇から「帝紀及び上古諸事の記定」（後の『古事記』または『日本書紀』の編纂）を命ぜれた人物であり、したがって舎人としてその編纂作業に加わったであろう柿本人麻呂とは、旧知の間柄であったに違いない。川嶋皇子の妃・泊瀬部皇女と忍壁皇子とは、天武天皇を父に持つ、同母姉弟であり、持統五年九月に川嶋皇子が三十五歳で亡くなった時、人麻呂は忍壁皇子の要請を受けて、川嶋皇子への挽歌をその妻・泊瀬部皇女に捧げたものと思われる。この時、人麻呂は三十九歳であった。

川嶋皇子薨去の五年後、持統一〇（六九六）年七月に太政大臣高市皇子が薨去すると、柿本人麻呂は『万葉集』の中でも最大最長の挽歌を作って、亡き高市皇子の殯宮に捧げた。高市皇子は天武天皇の第一皇子であったが、母・胸形《むなかたの》尼子娘《あまこのいらつめ》の出自ゆえ、皇位継承者とはされなかった。壬申の乱では父・大海人皇子（天武天皇）から軍事の統師を委任され、未曾有の内乱を勝利に導き、その後、持統四（六九〇）年七月には太政大臣となり、持統政権の行政面の統括者となった。この高市皇子は長屋王、鈴鹿王の父でもある。

草壁皇子薨去の後、持統女帝の大舎人となった柿本人麻呂は、持統に仕える氏女《うじめ》（仮に軽娘子《かるのおとめ》と呼ぶことにする）との許されざる恋愛関係が発覚して、その時期は不明ながら、持統天皇に仕える大舎人を解かれ、高市皇子の舎人となったのではなかろうか。高市皇子に捧げた挽歌（『万葉集　巻第二』〈挽歌〉の部に収録）に照らして、そのような憶測をしてみたくなる。

高市皇子尊《たけちのみこのみこと》の城上《きのへ》の殯宮《あらきのみや》の時、柿本朝臣人麻呂が作る歌一首併せて短歌

かけまくも　ゆゆしきかも　言はまくも　あやに畏《かしこ》き　明日香《あすか》の　真神《まかみ》の原に　ひさかたの　天《あま》つ御門《みかど》を　懼《かしこ》くも　定めたまひて　神《かむ》さぶと　磐隠《いわがく》りま

す　やすみしし　吾《あ》が大王《おおきみ》の　聞こしめす　背面《そとも》の国の　真木《まき》立つ　不破山《ふわやま》越えて　狛剣《こまつるぎ》　和射見《わざみ》が原の　行宮《かりみや》に　天降《あも》りいまして　天《あめ》の下　治めたまひて　食《お》す国を　定めたまふと　鶏《とり》の鳴く　吾妻《あずま》の国の　御軍士《つわもの》を　喚《よ》びたまひて　ちはやぶる　人を和《やわ》せと　奉仕《まつろ》はぬ　国を治めと　皇子《みこ》ながら　任《まか》せたまへば　大御身《おおみみ》に　太刀《たち》取り帯《は》かし　大御手《おおみて》に　弓取り持たし　御軍士《つわもの》を　率《あども》ひたまひ　斉《とと》ふる　鼓《つづみ》の音は　雷《いかずち》の　声と聞くまで　吹き響《な》せる　小角《つのぶえ》の音《ね》も　敵《あた》見れば　虎か吼《ほ》ゆると　諸人《もろびと》の　脅《おび》ゆるまでに　捧《ささ》げたる　幡《はた》の靡《なび》くは　冬ごもり　春さりくれば　野ごとに　つきてある火の　風のむた　靡《なび》かふごとく　取り持てる　弓《ゆ》はずの騒ぎ　み雪降る　冬の林に　瓢《つむじ》かも　い巻き渡ると　思うまで　聞くが恐《かしこ》く　引き放つ　矢の繁けく　大雪の　乱れて来たれ　奉仕《まつろ》はず　立ち向かひしも　露霜の　消《け》なば消《け》ぬべく　去《さ》る鳥の　相競《きそ》へる端《はし》に　渡会《わたらい》の　斎宮《いつきのみや》ゆ　神風《かむかぜ》に　い吹き惑《まど》はし　天雲《あまくも》を　日の目も見せず　常闇《とこやみ》に　覆《おお》ひ賜《たま》ひて　定めてし　水穂《みずほ》の国を　神《かむ》ながら

太敷《ふとし》きまして　やすみしし　吾が大王《おおきみ》の　天の下　申し賜へば　万代《よろずよ》に　しかしもあらむと　木綿花《ゆうはな》の　栄ゆる時に　吾が大王　皇子の御門《みかど》を　神宮《かむみや》に装束《よそ》ひ奉《まつ》りて　遣《つか》は使《し》し　御門の人も　白妙《しろたえ》の　麻衣《あさごろも》着て　埴安《はにやす》の　御門の原に　あかねさす　日のことごとく　鹿《しし》じもの　い這《は》ひ伏しつつ　ぬばたまの　暮《ゆうべ》に至れば　大殿《おおとの》を　振り放《さ》け見つつ　鶉《うずら》なす　い這《は》ひ廻《もとほ》り　侍《さもら》へどさもらひ得ねば　春鳥の　さまよひぬれば　嘆きも　未だ過ぎぬに　憶《おも》いも　未だ尽きねば　言《こと》さへく　百済《くだら》の原ゆ　神葬《かむはぶ》り　葬《はぶ》りいませて　朝もよし　城上《きのへ》の宮を　常宮《とこみや》と　高くしたてて　神《かむ》ながら　鎮《しず》まりましぬ　然《しか》れども　吾が大王の　万代《よろずよ》と　思ほしめして　作らしし　香来山《かぐやま》の宮　万代《よろずよ》に過ぎむと思へや　天《あめ》のごと　振り放《さ》け見つつ　玉だすき　懸《か》けて偲《しの》ばむ　恐《かしこ》くありとも（一九九）

〈現代語訳〉

心に掛けるさえはばかられ、口に出すのはさらに畏れ多いことながら、明日香の真神の原に都をおかれ、今は神としてお隠れになったわが大王（天武天皇）は、統治される北方（美濃国）の杉檜などの聳え立つ不破山を越えて、和射見が原（関ヶ原）の仮宮にお出ましになり、天下を治め国内をお鎮めになろうとして、東国の兵士を召集され、「暴徒を鎮圧せよ、従わぬ国を治めよ」と、皇子に指揮を一任されたので、（高市皇子は）御身に太刀を帯び、御自ら弓を手に、兵士らを指揮された。一斉に打ち鳴らす鼓の音はまるで雷鳴のごとく、吹き鳴らす角笛の音は襲いかかる虎の吼え声かと、聞く人皆が怯えるほどであった。また、兵士たちの捧げ持つ旗が靡くさまは、早春の野焼きの火が風にあおられて靡くようであり、手に持つ弓の唸る音は、雪降る冬の林に旋風が吹きすさぶかと思われるほどすさまじく、引き放つ矢の夥しさは、まるで大雪が乱れて降ってくるようで、従わず立ち向かってきた敵どもも、死なば死ぬまでと闘う折も折、伊勢の神宮からの神風に吹き飛ばされた天雲で、日の目も見えず、空は真っ暗に覆い隠された。このようにして平定された瑞穂の国を、わが大王（天武天皇）自らがお治めになり、そのもとで（高市皇子）が政務を統括されたので、いつまでもかくあらんと、目出たく栄えていた折しも、わが大王の皇子（高市皇子）の御殿は、そのまま亡き主の殯宮として装われることになってしまった。召し使われていた廷臣たちも白い麻の喪服を着て、埴安の御殿の原に昼はひねもす、鹿でもないのに腹這い伏して、夕べになれば御殿を振り仰ぎながら、鶉のように這いまわって、お仕え申し上げるけれど、何の甲斐もないので、春鳥のようにむせび泣いていると、悲しみもいまだ消え去らぬのに、また皇子への思いも未だ尽きぬのに、（亡き高市皇子は）百済の原を通って、神として葬られてしまわれた。かくて、城上の宮は皇子の永遠の奥つ城として高々と築かれ、皇子はそこに神としてお鎮まりになった。しかしながら、わが大王（持統天皇）が永久にとの思いで築かれた香具山の宮（藤原京）は、（皇子亡きあとも）荒廃することはないであろう。

天を振り仰ぐように、心に掛けて（今は亡き皇子のことを）お偲び申し上げよう、畏れ多いことながら。

短歌二首

ひさかたの　天知らしぬる　君故に　日月も知らず　恋ひ渡るかも（二〇〇）

〈現代語訳〉

この天下をお治めになった主（高市皇子）を失ってしまったので、我々（舎人ども）は月日の経つのも忘れて、亡き主をお慕い申し上げているのです。

埴安《はにやす》の　池の堤《つつみ》の　隠沼《こもりぬ》の　去方《ゆくえ》を知らず　舎人《とねり》は迷惑《まど》ふ（二〇一）

〈現代語訳〉

（埴安の池の堤に囲まれた隠沼のように）行く先の身の処し方も分からなくて、（高市皇子の）舎人達は途方に暮れております。

ここに紹介した高市皇子への挽歌は、おそらくその殯宮で朗々と高唱されたものであろう。したがって、何よりも韻律が重んじられたであろうから、この人麻呂最大の長歌を忠実に現代語訳することは、至難というよりは不可能に近い。主語が明示されぬままに、いつのまにかそれが変化移動してゆくのもさることながら、歌中四カ所に出てくる「吾大王」（諸注釈書では「我が大君」と表記しているものが多い）が誰を指すか、これまでの万葉学者の解釈は一定していない。例えば、『新編日本古典文学全集』（小学館）では最初の「吾大王」を天武天皇、後の三者を高市皇子としているが、『新潮日本古典集成』（新潮社）では最初と次の「吾大王」を天武天皇とし、三番目と最後の「吾大王」を高市皇子としている。

『万葉集』を正しく理解するためには、原文に忠実でなければならない。「大王」は「おおきみ」と訓むべき言葉で、言うまでもなく天皇のことである。したがって、高市皇子を「おおきみ」と呼ぶことはあり得ない。この場合、前二者が

「八隅知之（やすみしし）」という枕詞を冠して、後者と区別していることからも明らかなように、天武天皇（大海人皇子）をさしている。一方、枕詞「やすみしし」を冠さない後者の「吾大王」が、いずれも持統天皇であることは、高市皇子の殯宮の主催者が誰であるか、また香具山の宮（藤原京）の造営を命じた者が誰であるか、史実に照らして明らかであろう。なお、前記両注釈書共に「香具山の宮」を高市皇子の宮殿としているが、「吾大王の　万代と　思ほしめして　作らしし　香具山の宮」を一人の皇子の邸宅と見做すことはできないであろう。藤原宮を香具山の宮と呼んだ例があるか否か、寡聞にして知らないけれども、柿本人麻呂にとって藤原京は持統天皇の造営になる都であり、同時に持統天皇の藤原京での御製歌「春過ぎて　夏来るらし　白妙の　衣乾したり　天の香来山」（二八）を想起していたに違いない。

挽歌本来の目的は死者の鎮魂にある。死者の肉体から遊離浮揚した霊魂を鎮めるために、殯宮の庭において、死者生前の事績を称揚し、出自系統を朗唱することが求められた。言語には精霊が潜み、その力によって願望は実現する、と考えられたからである。古代日本人をとらえたこの言霊思想は、今日でも全く命脈を断ったわけではないであろうが、高市皇子の場合は、壬申の乱における指揮官としての軍功、さらには天武・持統二代にわたる政権運営の実績が挙げられることは、言霊思想の体現者とも言うべき人麻呂の、高市皇子挽歌に照らして、明らかなところである。ただし、壬申の乱における高市皇子の軍功と言っても、人麻呂挽歌における戦闘描写は、必ずしも史実に基づくものではなく、神風が吹いて常闇となるなど、神話的世界の描写に傾いており、また細部に目を凝らせば、「弓弭の騒ぎ」を「つむじかも　い巻き渡ると　思ふまで　聞きの恐く」と表現するなど、現実には起こり得ないことが書かれてもいる。おそらく、人麻呂には戦場での実戦体験がなかったのであろう。人麻呂を壬申の乱に遅れてきた世代と推測し得る、一つの手掛かりともなるところである。

明日香皇女《あすかのひめみこ》の城上《きのへ》の殯宮《あらきのみや》の時、柿本朝臣人麻呂が作る歌一首

飛ぶ鳥の　明日香の河の　上つ瀬に　石橋渡る　下つ瀬に　打橋《うちはし》渡す　石橋に　生《お》ひ靡《なび》ける　玉藻もぞ　絶ゆれば生ふる　打橋に　生ひををれる　川藻もぞ　枯るれば生ゆる　なにしかも　吾が王《おおきみ》の　立たせば　玉藻のもころ　臥《こ》やせば　川藻のごとく　靡《なび》かひの　宜《よろ》しき君の　朝宮を　忘れ賜ふや　夕宮を　背《そむ》き賜ふや　うつそみと　念《おも》ひし時に　春へには　花折りかざし　秋立てば　黄葉《もみちば》かざし　しきたへの　袖携《たずさ》はり　鏡なす　見れども飽かず　望月の　いやめづらしみ　思ほしし　君と時々　幸《いでま》して　遊び賜ひし　御《み》食《け》向かふ　城上の宮を　常宮と　定め賜ひて　あぢさはふ　目言《めこと》も絶えぬ　然《しか》れかも　あやに憐《かな》しみ　ぬえ鳥の　片恋嬬《かたこいづま》　朝鳥の　往来《かよわ》す君が　夏草の　念《おも》ひ萎《しな》えて　夕星《ゆうつづ》の　か往《ゆ》きかく去《ゆ》き　大船の　たゆたふ見れば　慰もる　情《こころ》もあらず　それ故に　せむすべ知れや　音《おと》のみも　名のみも絶えず　天地《あめつち》の　いや遠長く　思《しの》び往《い》かむ　御《み》名《な》に懸《か》かせる　明日香河　万代《よろずよ》までに　はし

きやし　吾が王《おおきみ》の　形見《かたみ》にここを（一九六）

〈現代語訳〉

明日香川の川上には飛び石が、川下には木の板が、橋として並んでいる。その飛び石に茂り靡いている川藻は、絶えればまた生い茂り、板橋に茂る川藻も、枯れればまた生える。それなのに、わが大君（明日香皇女）は、起きておいでになっても、臥しておいでになっても、川藻のごとくに睦みあわれた背の君（忍壁皇子）の朝宮を、どうして忘れてしまわれたのだろうか。その夕宮を、どうして離れてしまわれたのだろうか。御生存中は、春は花を、秋はもみじ葉を髪に飾り、手を取り合って、飽きることなく、いよいよ愛しく思われた背の君と、時々お出かけになっては遊ばれた城上の宮を、今は永久の奥つ城と定められて、逢うことも語り合うこともなくなられてしまった。そのためであろうか、この上もなくお悲しみになって、ひとり残された背の君は、城上の殯宮にお通いになって、夏草のように思い沈み、夕星のように定めなく歩き回り、大船のようにたゆたっておいでの様子です。それを眺めるにつけて、慰めるすべも知らず、さりとて、どうすることもできず、せめてお噂だけでも、お名前だけでも、絶やすことなく、いつまでも偲んでいきたいものです、お名前に所縁ある明日香川を、いつまでもわが大君（明日香皇女）の形見として。

短歌二首

明日香川　しがらみ渡し　塞《せ》かませば　流るる水も　のどにかあらまし

（一九七）

〈現代語訳〉

明日香川に柵《しがらみ》を渡して、川の水を堰《せ》き止めたなら、流れる水もゆったりと流れたであろうものを（明日香皇女の早い逝去を止める手立てはなかったであろうか）。

明日香川　明日だに見むと　思へやも　吾が王《おうきみ》の　御名《みな》忘れせぬ（一九八）

〈現代語訳〉

せめて明日だけでもお会いしたいと思うからか、わが大君（明日香皇女）のお名前が忘れられない。いや、もうお会いできないと知りながら、なおわが大君のお名前を忘れることはできないのだ。

『万葉集　巻第二』〈挽歌〉の部に記載された人麻呂作の明日香皇女への挽歌である。明日香皇女（忍壁皇子の妃）の薨去は文武四（七〇〇）年のこと、皇族に捧げた人麻呂作の挽歌としては最後の作品である。この時、人麻呂は舎人ではなかったと思われるので、あくまでも忍壁皇子との個人的な繋がり（共に帝紀及び上古諸事の記定に関わったと思われる）から、この挽歌は作られたものであろう。

一組の夫婦の睦みあう様子を川藻のもつれ合い絡み合う様子に喩えたところは、

「柿本朝臣人麻呂が泊瀬部皇女と忍坂部皇子とに献る歌」も「明日香皇女の城上の殯宮の時に、柿本朝臣人麻呂が作る歌」も同工異曲であるが、前者が亡き川嶋皇子になり代わって、皇子の妃（泊瀬部皇女）への思いを述べたのに対して、後者は高市皇子への挽歌と同様に、忍壁皇子と明日香皇女に仕えてきた者（例えば、舎人）の視点から、亡き明日香皇女への哀悼の気持ちを述べたもので、人麻呂挽歌の発想の多彩さは、注目に値しよう。

吉備津采女《きびつのうねめ》が死にし時、柿本朝臣人麻呂が作る歌一首併せて短歌

秋山の　したへる妹　なよ竹の　とをよる子等は　いかさまに　念《おも》ひをれか　栲縄《たくなわ》の　長き命を　露こそば　朝《あした》に置きて　夕《ゆうべ》には　消《き》ゆと言へ　霧こそば　夕に立ちて　明《あした》には　失《う》すと言へ　梓弓《あずさゆみ》　音聞く吾も　髣髴《おおに》見し　事悔《くや》しきを　しきたへの　手枕《たまくら》まきて　剣刀《つるぎたち》　身に副《そ》へ寝《ね》けむ　若草の　その嬬《つま》の子は　さぶしみか　念《おも》ひて寝《ぬ》らむ　悔しみか　念《おも》ひ恋ふらむ　時ならず

過ぎにし子等が　朝露のごと　夕霧のごと（二一七）

〈現代語訳〉

匂うばかりに美しい女性、たおやかなあの乙女は、どんなにか思い詰めたことだろう。長かるべき命なのに、露なら朝置いて夕方には消えるといい、霧なら夕方に立って夜明けには消えるというが、その露や霜のように、はかなくも世を去ったという。そんな噂を聞いた私も、あの乙女を、その生前、ぼんやりとしか見ていなかったことが残念でならないのに、その腕を枕にして、身を寄せて寝たであろう、その思い人はどれほど寂しい思いをして独り寝をしていることだろう。また、どんなに悔しい思いで、亡きひとを恋しがっていることだろう。思いがけなく逝ってしまったあの乙女の、なんと朝露のように、また夕霧のように、儚いことか。

短歌二首

楽浪《ささなみ》の　志賀津《しがつ》の子等《こら》が　罷《まか》り道《じ》の　川瀬の道を　見ればさぶしも（二一八）

〈現代語訳〉

楽浪の滋賀の港・大津、その大津の采女が宮中を退いて故郷へと帰って行った道の、その川沿いの道を眺めるにつけても、今は亡き大津の乙女のことが想い出されて、淋しいことだ。

天数《そら》ふ　凡津《おおつ》の子の　相《あ》ひし日に　おほに見しくは　今ぞ悔しき（二一九）

〈現代語訳〉

かつて大津の娘を見かけた時に、ぼんやりと見過ごしてしまったことが、今となっては悔やまれることだ。

『万葉集　巻第二』二一七番歌の題詞の指示に従って、どの注釈書も「志賀津の児ら」（二一八）すなわち「凡津の子」（二一九）は「吉備津采女」（二一七）を指すとしているが、これは『万葉集』編集者の事実誤認を踏襲した結果であろう。吉備津が吉備の国のどの港を指すか不明であるが、その地の有力氏族の娘で、朝廷に采女として仕えていたのが吉備津采女であろう。吉備津采女は、采女には厳しく禁止されていた恋愛関係が発覚して、自ら命を断ったものと思われる。舎人として朝廷に仕えていた人麻呂にも、許されざるの恋の相手（軽娘子）が存在したから、吉備津采女の悲劇は他人ごとではなかったはずである。

短歌二首（二一八、二一九）に歌われた「志賀津の子等」と「凡津の子」は同じ人物、すなわち大津出身の采女であって、吉備津采女とは別人と解釈すべきであろう。吉備津采女も大津采女も、大舎人として宮中に出仕していた人麻呂には、しばしば目に触れる機会のあった女性であろう。二人の不幸な死を耳にして、その生前にもっとよく知っておけば、と嘆いているのである。二人の采女が傷ましくも自ら死を選んだのは、許されざる恋愛が発覚した結果であったろう。

『万葉集　巻第二』〈挽歌〉に収められた一連の作品（二〇七―二一九）は、いわば人質として朝廷に召し抱えられた有力氏族の娘（氏女または采女）たちの、不幸な死という共通のテーマに貫かれている。その前半（泣血哀慟歌）は、人麻呂自身が愛した氏女（軽娘子）の死を主題としたものであって、けっして公に披露される性格の歌ではなかった。おそらく、人麻呂の死後、『万葉集』の編者によって、『柿本朝臣人麻呂之歌集』から『万葉集　巻第二』（挽歌）へと転載されたに違いない。

『万葉集　巻第三』は『万葉集』全二〇巻編纂の第二次段階にあるものであるが、その〈挽歌〉の部に収録された人麻呂作品としては、短歌四首がある。これ以外にも、長歌「同じく石田王の卒《みまか》りし時に、山前王の哀傷して作る歌一首」（四二三番歌）の〈左注〉に、「右の一首、或は云はく、柿本朝臣人麻呂が作」とあるが、これを人麻呂作と確定することは出来ないので、除外することとする。

柿本朝臣人麻呂が香具山の屍《しかばね》を見て悲慟《ひどう》して作る歌一首

草枕　旅の宿りに　誰が嬬《つま》か　国忘れたる　家待たまくに（四二六）

〈現代語訳〉

旅の仮寝に、誰の娘なのか、故郷のことは忘れてしまったのだろうか、家の者は待っているだろうに。

『万葉集　巻第三』〈挽歌〉の部に「柿本朝臣人麻呂作」として収録された作品である。注釈書（『新潮日本古典集成』、『新編日本古典文学全集』）は、原文「誰嬬《つま》可」とあるところを「誰が夫《つま》か」と読み替えて、「香具山の屍」を男性（役民か？）の行路死人と解釈している。しかしながら、香具山は藤原京に隣接する聖なる山であって、そこに行路死人が横たわっているとは考えにくい。ここでは、題詞に「悲慟」とあることに注目すべきであろう。行路死人を悼んだ人麻呂挽歌の題詞が「讃岐の狭岑の島にして、石の中の死人を見て、柿本朝臣人麻呂が作る歌」とあるように、何処の誰ともわからぬ行路死人に対して、「悲慟」という言葉は使われていない。ここで想起されるのは「柿本朝臣人麻呂、妻が死にし後に、泣血哀慟して作る歌」という題詞である。つまり、「香具山の屍」は何処の誰ともわからぬ者の屍ではなく、しかもその死は悲痛極まりないものであった、と推測するのが自然であろう。

ここで、人麻呂の四二六番挽歌（香具山の屍）の次に置かれた、四二七番の挽歌を見てみよう。

田口広麻呂《たのくちのひろまろ》の死にし時に、刑部垂麻呂《おさかべのたりまろ》が作る歌一首

百足《もも》らず　八十隅坂《やそくまさか》に　手向《たむけ》せば　過ぎにし人に　けだし相《あ》はむかも（四二七）

〈現代語訳〉

黄泉路《よみじ》への、幾重にも折れ曲がった坂道の、その曲がり角ごとに、道の神に供物を捧げて祈ったなら、死んでしまった人に、もしや会えるであろう

か。

「八十隅坂に　手向せば」という言葉が示唆するように、田口広麻呂の死が尋常のものでなかったことを、すなわち祖霊として祀られることを容易には許されぬ死であったことを、この歌は物語っていよう。田口朝臣広麻呂は慶雲二（七〇五）年に従五位下に叙せられているが、その死が「卒」ではなく「死」とされたことも、その最期が非業の死であったことを物語っている。

香具山の屍も田口広麻呂の死も、共に謎に満ちているが、明らかに出来ない事情があったと考えるべきであろう。次に田口広麻呂への挽歌に続く歌を検討してみよう。

土形娘子《ひじかたのおとめ》を泊瀬《はつせ》の山に火葬の時、柿本朝臣人麻呂が作る歌一首

隠口《こもりく》の　泊瀬の山の　山際に　いさよふ雲は　妹にかもあらむ（四二八）

〈現代語訳〉
泊瀬の山の山あいに、立ち去り難く漂っている雲は、土形娘子その人の霊魂であろうか。

『万葉集　巻第三』収録の四二六番歌―四二八番歌の挽歌三首は、それぞれが偶然に隣り合わせた歌であって、相互の関連はないのかもしれない。しかしながら、その逆も考えられなくはない。もしも関連があるとすれば、「香具山の屍」は土形娘子の死体であり、氏女（または采女）であった彼女が田口広麻呂との許されざる恋に、自殺または心中をもって結末をつけたことになる。根拠はないけれど、そのような想像を誘う挽歌三首ではある。

刑部垂麻呂《おさかべのたりまろ》（伝不詳）作の四二七番歌（前出）を除き、四二六番歌と四二八番歌は人麻呂最晩年（五〇代）の作と考えられる。

溺れ死にし出雲娘子《いずもおとめ》を吉野に火葬する時、柿本朝臣人麻呂が作る歌二首

山際《やまのま》ゆ　出雲の児等《こら》は　霧なれや　吉野の山の　嶺《みね》にたなびく（四二九）

〈現代語訳〉

溺れ死んだ出雲の乙女は、火葬にされて、その煙が、霧でもあるまいに、吉野の山の嶺にたなびいていることだ。

八雲《やくも》さす　出雲の子等が　黒髪は　吉野の川の　奥になづさふ（四三〇）

〈現代語訳〉

出雲の乙女の黒髪は、吉野の川の上流で、水に揺られて漂っている。

これらも『万葉集　巻第三』〈挽歌〉の部所載の作品である。出雲娘子は出雲国出身の采女で、文武天皇の吉野行幸に臣従した折、吉野川で溺れ死んで、死後、吉野の地で荼毘《だび》に付されたものと思われる。事故か自殺か、死因は明らかで

ないが、推測の手掛かりは四三〇番歌の「奥になづさふ」であろう。これまで「奥」は「沖」、すなわち川岸から離れた流れの中心と解釈されてきたようであるが、それなら死体が「なづさふ」（揺られ漂う）という状態は不自然であるし、そもそも吉野川はそれほどの大河でもない。「奥」は「上流」と解釈すべきであって、そこまで移動したのは、出雲娘子の意志によるもの、と考えるべきであろう。つまり、この場合、身投げによる自殺と考えるのが至当であろう。死後、火葬にされたことに鑑み（文武天皇四年、西暦七〇〇年三月一〇日に亡くなった道照和尚の火葬がわが国最初の火葬とされる）、彼女の死は大宝二（七〇二）年七月一一日以降、文武天皇の吉野離宮滞在時のことと推測される。なお、それ以後、文武天皇の吉野行幸が『続日本紀』に記録されていないことも、出雲娘子の不幸な死との関わりを示唆していよう。

第六章　軽娘子《かるのおとめ》

持統四（六九〇）年九月、即位後間もない持統天皇は、紀伊国へ行幸した。全行程十一日、その目的は何であったのか。春の近江行幸に次ぐ、畿外への長旅であった。その時、川島皇子が作った短歌が『万葉集　巻第一』〈雑歌〉に収録されている。

白浪の　浜松の枝の　手向け草　幾代までにか　年の経ぬらむ（三四）

〈現代語訳〉

白波の寄せる浜辺の、松の枝に結ばれた、この手向けの草は、一体どれほどの年月が過ぎ去ったものだろうか。

言うまでもなく、謀反の罪を問われた有間皇子の、次の自傷歌を前提とした歌である。

磐白《いわしろ》の　浜松の枝《え》を　引き結び　真幸《さき》くあらば　また還《かえ》り見む（一四一）

〈現代語訳〉

岩代の浜辺の松の枝を結んでおこう。もしも私が無事でいられたなら、またここに戻ってきて、この結び松を見ることもあるだろうから。

有間皇子（十九歳）が、謀反の嫌疑で紀州牟婁《むろ》の湯（白浜）に護送され、藤白坂（現・海南市）で処刑されたのは、持統天皇紀伊国行幸の三十二年前のことである。有間皇子は孝徳天皇の皇子であるが、斉明四（六五八）年一一月、斉明天皇と中大兄皇子が牟婁の湯（現・和歌山県白浜）滞在中に、謀反の罪により紀州藤白坂で処刑された。中大兄皇子と蘇我赤兄の仕組んだ謀略の術中に陥ったとも言われるが、真相は不明である。持統天皇の紀伊国への行幸は、牟婁の湯での保養という目的もあったではあろうが、有間皇子への鎮魂を兼ねたものではなかったろうか。ちなみに中大兄皇子は後の天智天皇、すなわち持統天皇の父である。

持統天皇の紀伊国行幸に大舎人として臣従した人麻呂は、それから十一年後、文武天皇と太上天皇（持統上皇）の紀伊国行幸（文武五年、西暦七〇一年）にも臣従している。

大宝元年辛丑《かのとうし》に、紀伊の国に幸《いでま》す時に、結び松を見る歌一首

後《のち》見むと　君の結べる　磐代《いわしろ》の　子松のうれを　またも見むかも（一四六）

〈現代語訳〉

後に見ようと、有間皇子が結んでおかれた岩代の松の梢を、また再び見る

ことができようとは。

『万葉集　巻第二』〈挽歌〉に「柿本朝臣人麻呂歌集中出也」と注記されたもので、その注記が物語るように、人麻呂の個人的感慨の吐露された歌である。すなわち、「君の結べる」とあるところの「君」は、表面上は有間皇子であるかも知れないが、人麻呂の心情においては、人麻呂の愛した氏女《うじめ》（仮に軽娘子《かるのおとめ》と呼ぶことにする）であったに違いない。この歌は、もともと『万葉集　巻第九』〈挽歌〉に「右五首、柿本朝臣人麻呂之歌集出」と左注された短歌五首のうちの一首で、いかなる理由によるものか、他の四首と切り離されたものである。「他の四首」とは、次の『万葉集　巻第九』収録「紀伊国にして作る歌四首」（一七九六―一七九九）のことである。

黄葉《もみじば》の　過去《すぎに》し子等と　携《たずさ》はり　遊びし磯を　見れば悲しも（一七九六）

〈現代語訳〉
紅葉葉の散るように、はかなくこの世を去ってしまったあの人やその仲間たちと、手を取り合って遊んだ海辺を眺めていると、この上もなく悲しいことだ。

塩気《しおけ》立つ　荒磯《ありそ》にはあれど　往《ゆ》く水の　過ぎにし妹《いも》の　方見《かたみ》とぞ来《こ》し
（一七九七）

〈現代語訳〉
ここは波しぶきの立つ荒磯ではあるが、流れ去ってゆく水のように、この世を去ってしまった、わが愛しい人の形見の地と思って、またやってきたのだ。

古《いにしえ》に　妹と吾《わ》が見し　黒玉《ぬばたま》の　久漏牛《くろうし》潟を　見れば寂しも（一七九八）

紀　　伊

出典)『新潮日本古典集成　万葉集二』新潮社，524 頁。

〈現代語訳〉

その昔、あの人と私と、二人で眺めた黒牛潟を、今、一人で眺めていると、たとえようもなく寂しいことだ。

玉津島　磯の浦みの　真名子《まなご》にも　にほひて去《ゆか》な　妹も触れけむ（一七九九）

〈現代語訳〉

玉津島の入り江の砂の、その白い色に染まって、この地を去っていこう、あの人も触れたであろう、白砂の色に染まって。


黒牛潟は、いつの頃か、埋め立てによって姿を消してしまったが、現・海南市にあった潟である。玉津島は黒牛潟と湾を隔てて向き合う所にあり、共に有間皇子処刑の地・藤白坂に近い。

持統天皇の一行の中に、人麻呂の愛した女性がいた。持統天皇の身の回りの世話をする女官（氏女《うじめ》または采女《うねめ》）と思われる。二人の出会いを、持統即位の六九〇年、人麻呂が持統天皇の大舎人となって間もない頃と推定すれば、人麻呂三十八歳頃のことである。氏女《うじめ》は畿内有力氏族の娘、采女《うねめ》は地方有力氏族の娘、共に才色兼備で志操堅固であることを求められ、彼女たちの自由な意志による恋愛は、認められなかった。宮中にあって、皇位継承者を産む可能性があったからである。

人麻呂によって「黄葉《もみちば》の　過去《すぎに》し子」、「往《ゆ》く水の　過ぎにし妹《いも》」と歌われた女性は、持統天皇の後宮に仕える氏女で、人麻呂と出会ってからほぼ十年の後には、その短い命を閉じることになる、薄幸の女性であった。「紀伊国にして作る歌四首」（一七九六―一七九九）は、人麻呂が愛したこの女性（軽娘子《かるのおとめ》）への、しかも今は亡き軽娘子への追慕の情を述べた歌である。

『万葉集　巻第七』〈譬喩《ひゆ》歌〉に左注「右十五首、柿本朝臣人麻呂之歌集に出でたり」とある歌群は、その軽娘子と人麻呂との〈譬喩歌〉に託した問答歌であろう。

衣《きぬ》に寄する

紅《くれない》に　衣《ころも》染めまく　欲しけれど　着て匂《にお》はばか　人の知るべき（一二九七）

〈現代語訳〉

紅色に衣を染めたいと思うけれど、もしもそれを着たら、人目に立つことだろうな（美しい貴女に近寄りたいが、もしもそうなったら、周りの人たちに知られてしまうだろうな）。

かにかくに　人は言ふとも　織り継がむ　我が機物《はたもの》の　白き麻衣《あさごろも》（一二九八）

〈現代語訳〉

あれこれ人々が噂をしようとも、織り継いでゆきましょう。私の織機の、この白い麻の衣を（たとえ周りから何と言われようと、貴方のような高潔な方を、私は慕い続けていきますわ)。

一二九七番歌は「紅衣染雖欲著丹穂哉人可知」、一二九八番歌は「干各人雖云織次我廿物白麻衣」が原文であり、この略体歌を訓読することも、ましてやその真意を解読することも、第三者には至難のことと言わねばなるまい。このような略体歌表記は、禁断の恋の中から編み出された、二人だけの止むにやまれぬ伝達手段であったに違いない。

玉に寄する

海神《わたつみ》の　持てる白玉《しらたま》　見まく欲《ほ》り　千《ち》たびぞ告《の》りし　潜《かず》きする海人《あま》は

(一三〇二)

〈現代語訳〉

海神秘蔵の真珠を見たいものと、どれほど願いごとをしたことか、海中に潜る海人としては（深窓の姫君である貴女に逢いたいものと、どれほど願ったことか、貴女に恋い焦がれる私は）。

潜《かづ》きする　海人《あま》は告《の》れども　海神《わたつみ》の　心し得ねば　見ゆといはなくに（一三〇三）

〈現代語訳〉
海に潜る海人がどれほど願いごとをしても、海神の許しがなければ、その真珠を見ることはかないませんわ（貴女がどれほど心を寄せて下さっても、親の許しが得られないので、お逢いできないのです）。

海に寄する

大船に　候《さもら》ふ港　事有らば　何方《いずち》へ君は　吾《あ》を率凌《いしの》がむ（一三〇八）

〈現代語訳〉

大きな船を停泊させているこの港で、もしも何か事が起こったら、貴方は私をどこへ連れて逃げてくれるのでしょうか（帝にお仕えしているこの宮殿内で、もしも私たちのことが露見したら、貴方はその事態を、どう凌《しの》いで下さるのかしら）。

雲隠る　小嶋の神の　恐《かしこ》ければ　目は間《へだ》てども　心間《へだ》てむ哉《や》（一三一〇）

〈現代語訳〉
雲に隠れている小島の神が畏れ多いので、お目にかかることは控えておりますが、心まで隔てることはできましょうか（貴女の背後に居られる母上が恐ろしいので、通ってゆくことはできませんが、お互いの心まで隔てることはできないでしょう）。

一三〇八番歌の初句は、ほとんどの原本で「大海」となっているが、「大船」

（元暦校本）の方が相応しい、と思われる。「大船」とは、この場合、天皇（持統天皇）のことを指していよう。許されざる恋の進展に戦慄する女心が、読む者の心に迫ってくる歌である。

即位後二年、朱鳥六（六九二）年春、持統天皇は中納言三輪朝臣高市麻呂《たけちまろ》の諫言《かんげん》（田植時で民の忙しい時に、天皇初め大勢の廷臣が都を留守にすることを非として、持統天皇を諫めた）に従わず、伊勢国への行幸を強行した。この時、都に留まった人麻呂の短歌三首が、『万葉集　巻第一』〈雑歌〉に収録されている。

鳴呼見《あみ》の浦に　船乗りすらむ　嬬等《おとめ》の　珠裳《たまも》の裾に　潮満つらむか（四〇）

〈現代語訳〉
今頃は、鳴呼見の浦で船に乗っている女官たちの美しい裳裾に、潮が満ち寄せているであろうか。

釧《くしろ》つく　手節《とうし》の崎に　今日もかも　大宮人の　玉藻刈るらむ（四一）

〈現代語訳〉

答志《とうし》島の岬で、今日も、大宮人が若布《わかめ》などを刈り採っていることだろう。

潮さゐに　五十等児《いらご》の島辺　榜《こ》ぐ船に　妹《いも》乗るらむか　荒き島廻《しまみ》を（四二）

〈現代語訳〉

潮騒の中、伊良湖の島のあたりを漕ぐ船に、あの人は乗っているのだろうか、波の荒い島の周辺を。

人麻呂は、遠く離れた「妹《いも》」（妻または愛する女人の人称代名詞）の身を、ひたすら案じている。伊良湖水道の潮の速さを、よく知っていたのだろう。廷臣の諫止を振り切ってまで、持統天皇が伊勢への行幸を強行したのは、何故か。その答えは、ここに紹介した「人麻呂留京歌」に隠されていよう。それら三首の短歌には、神前に供える若布《わかめ》などの御饌《みけ》（神前に供える食べ物）を採取する、いわゆる布刈《めかり》神事の情景が詠まれている。この時、持統天皇の脳裏を占めていたのは、藤原遷都のことであったろう。新都造営という、朝廷の威信をかけた大事業の前には、多くの障害が立ち塞がっていたであろうが、中でも藤原宮造営予定地内に存在する多くの古墳をいかにすべきか、天皇家の祖霊に関わる問題だけに、持統天皇の苦悩は深かったはずである。皇祖神天照大神に祈る以外になかったのである。

神への言霊の発信者である人麻呂を、持統天皇が伊勢国に同行させなかったのは、何故であったろうか。女帝の側近くに仕えていた一人の女官（軽娘子）と人麻呂との噂が、宮廷内に広まったことが、その原因であったに違いない。

『万葉集　巻第十二』〈古今相聞往来歌類の上〉には、「正に心緒を述ぶる歌一百四十九首」が「柿本朝臣人麻呂之歌集に出でたり」と注記されて、収録されている。

心には　千遍《ちえ》に念《おも》へど　人に云はぬ　吾が恋孋《こいづま》を　見むよしもがも
（二三七一）
〈現代語訳〉
心の中では限りなく思っているけれど、誰にも打ち明けていない私の恋しい人、その人に逢う手立ては、ないものだろうか。

かくのみし　恋ひや渡らむ　たまきはる　命も知らず　歳は経につつ
（二三七四）
〈現代語訳〉
このようにして、あの方をお慕いしながら、生きてゆくのかしら。何時までの命か、それもわからないまま、歳月は過ぎ去ってゆきます。

「孋《つま》」は人麻呂特有の用字であり、彼が愛した女性への思いが込められている。

一方、人麻呂から「恋孋」と呼ばれた女性の歌に、「たまきはる　命も知らず」とあるのは、薄命に終わったこの女性の、自らの将来が予測されてもいるだろう。

何為《せ》むに　命継ぎけむ　吾《わ》が妹《いも》に　恋ひせぬ前《さき》に　死なましものを

（二三七七）

〈現代語訳〉

何のために生きてきたのだろうか。あの人に恋をする前に、死んでしまえばよかったものを。

吾《あ》が後《のち》に　生まれむ人は　我がごとく　恋する道に　相与《くみ》するなゆめ

（二三七五）

〈現代語訳〉

私より後に生まれてくる人は、私のように、恋する道に踏み込まないで下さいね、けっして。

舎人と宮中に仕える女官との許されざる恋、その恋に生きた一組の男女の苦渋を伝える問答歌である。

皇祖《すめろき》の　神の御門《みかど》を　懼《かしこ》みと　侍従《さもら》ふ時に　相《あ》へる公《きみ》かも（二五〇八）

〈現代語訳〉

歴代天皇様の宮殿に、畏れ多くもお仕えしておりました時に、お目にかかった貴方でしたわね。

「相」を「逢」と訓み替えて、二人が情事を結んだと解釈する注釈書があるが、間違いである。初めての出会いを回想した女性の歌であり、学識ある年長者（人麻呂）への敬意が、初めは「君」、後には「公」という二人称に込められている。

これら短歌の完成度を見てもわかるように、作者が、額田王にも匹敵しうる、高い教養を積んだ、畿内名門出身の氏女《うじめ》であることは、間違いなかろう。

あらたまの　五年《いつとせ》経《ふ》れど　吾《あ》が恋の　跡なき恋の　止《や》まなくも怪し

（二三八五）

〈現代語訳〉

お目にかかってから五年が過ぎ去ったけれど、私の貴女への恋の、当てもない恋の、けっして止むことのないのは、なんと不思議なことだろう。

うちひさす　宮道《みやじ》を人は　満ち行けど　吾《あ》が念《おも》ふ公《きみ》は　ただ一人のみ

（二三八二）

〈現代語訳〉

都大路を、人々は溢れんばかりに往来していますが、私が心からお慕いするのは貴方、ただ一人だけですわ。

「跡なき恋」とは報われることのない恋のことで、愛し合いながらも、許されざる愛に引き裂かれた男女、その煉獄の中から、多くのすぐれた人麻呂相聞歌は紡ぎ出されたのであった。

『万葉集　巻第四』〈相聞〉の部に、「柿本朝臣人麻呂歌四首」として収録された作品群がある。

み熊野の　浦の浜木綿《はまゆう》　百重《ももえ》なす　心は念《おも》へど　直《ただ》に相《あ》はぬかも（四九六）

〈現代語訳〉

熊野の浜辺の浜木綿の葉が、幾重にも重なっているように、心では貴女のことを幾重にも思っているけれど、直《じか》に逢うことは、かなわないことだ。

「み熊野の　浦の浜木綿」は、持統天皇の紀伊国への行幸の折（持統四年、六九〇年）に、人麻呂が愛する人（軽娘子）と共に眺めた浜辺の植物、その白い花にはその女人の面影が重ね合されている。この四九六番歌は、数多い人麻呂相聞歌の中でも、白眉と言える作品であろう。

古《いにしえ》に　ありけむ人も　吾がごとか　妹《いも》に恋ひつつ　宿《い》かてずけむ（四九七）

〈現代語訳〉
昔の人も、自分のように、恋する人のことを思って、眠れぬ夜を過ごしていたのだろうね。

持統天皇に仕える氏女との、許されざる恋に生きた人麻呂、その苦しみを訴える相手は、その恋の対象である氏女以外にはなかったであろう。

今のみの　行事《わざ》にはあらず　古《いにしえ》の　人そまさりて　哭《なく》さへ鳴きし（四九八）

〈現代語訳〉

恋ゆえに悩み苦しむのは、今の世の人だけではありませんわ。昔の人は、今の人以上に、恋する苦しみの余り、声を限りに泣きもしたでしょうね。

右の四九八番歌は『万葉集　巻第四』の編者によって人麻呂作とされたが、そうではあるまい。明らかに人麻呂の愛した氏女・軽娘子の作である。次の四九九番歌も同様であろう。

百重《ももえ》にも　来及《きし》かぬかもと　念《おも》へかも　公《きみ》の使ひの　見れど飽かざらむ（四九九）

〈現代語訳〉

何度でも来て下さればよいと願うからでしょうか、貴方の使いを何度見ても見飽きないのは。

「来及かぬかも」は耳慣れぬ表現であるが、「来及《きし》く」がひっきりなしに来ること、「ぬかも」が希求、願望の意である。「念」は「思」より意味が強いので、「願う」と訳してみた。諸注釈書は、第四句目の「公」を「君」に訓み替えて、その「君」を女性としているが、それが誤りであることは、『万葉集　巻第十一』に「柿本朝臣人麻呂之歌集に出でたり」と注記された男女間の問答歌百四十九首に照らしてみれば、明らかであろう。郵便制度も、ましてや電話もメールもない時代に、二人は使者を介して意思の疎通を図っていたのである。

足ひきの　山鳥の尾の　しだり尾の　長永し夜を　ひとりかも宿《ね》む

（二八〇二　左注「或本歌曰」）

〈現代語訳〉

山鳥の尾羽のような、長い長い夜を、また今夜も、私は独り寝のまま、過ごすことになるのだなあ。

「足ひきの……」は『万葉集　巻十二』に収録された短歌「念へども　念ひもかねつ　足ひきの　山鳥の尾の　永きこの夜を」(二八〇二)の左注に、「或る本に曰く」として紹介され、後、『拾遺和歌集』に柿本人麻呂作として収録された。その後、藤原定家の『小倉百人一首』に人麻呂の代表歌として採録されたが、『万葉集』では作者不詳とされている。多分、『拾遺和歌集』の撰者たちの手元には、『柿本朝臣人麻呂之歌集』が存在して、それを参照したのであろう。枕詞・序詞の巧みな援用、「の」の音律的効果など、人麻呂ならではの技法が駆使されている。雌雄が、夜間、谷を隔てて眠るとされる山鳥に、自らの切ない恋を重ね合わせたところも、実に巧みである。

暫《しま》くも　見ねば恋しき　吾《あ》が妹《いも》を　日に日に来れば　事の繁《しげ》けく（二三九七）

〈現代語訳〉

暫くの間でも顔を見ないと、恋しくてならぬ貴女を、毎日のように訪ねてゆくと、何と世間の煩いことか。

垣廬《かきほ》なす　人は云へども　狛錦《こまにしき》　紐解き開けし　公《きみ》ならなくに（二四〇五）

〈現代語訳〉

寄ってたかって、人々は噂を立てますが、貴方と私は、高麗錦の紐をほどいてお逢いするような、そんな間柄ではありませんのにね。

右の二首は、『万葉集　巻第十二』に「柿本朝臣人麻呂之歌集に出でたり」との左注のある一四九首中の歌である。「狛錦」は高句麗《こうくり》からもたらされた高級な織物で、作者が上流階級の女性であることを物語っている。ところで、采女または氏女に自由な恋愛が許されなかったのは、彼女たちが大和政権に服属した有力氏族の娘として、謂わば人質的な存在であったからでもある。そのことは、古代王権による全国支配の必然的帰結でもあったろう。さらに『万葉集　巻第十二』から『柿本朝臣人麻呂之歌集』収録歌を見てみよう。

まそ鏡　見とも言はめや　玉かぎる　石垣淵《いわかきふち》の　隠《こも》りたる孋《つま》（二五〇九）

〈現代語訳〉

貴女と逢ったなんて、誰にも言うものですか。（人目を気にして）岩に囲まれた淵のように、ひきこもっている人よ。

人麻呂の「隠りたる孋」は、何処に籠ったのだろうか。周囲の非難と中傷に耐えかねて、彼女の里、つまり生家に籠ったに違いない。それは持統天皇の指示によるものであったかもしれない。

足常《たらつね》の　母が養ふ蚕《こ》の　繭隠《まよごも》り　隠《こも》れる妹《いも》を　見むよしもがも（二四九五）

〈現代語訳〉

母の飼っている蚕が繭籠りをしたように、家に籠ってしまったあの人に、何とか逢う手立てはないものだろうか。

「足常《たらつね》の」は「垂乳根《たらちね》の」の音転で、母の枕詞。二句目の「蚕《こ》」は、原文では「子」。この歌（左注に「柿本朝臣人麻呂之歌集出」とある、一四九首のうちの一首）の作者が人麻呂であるか否か、疑問は残るが、人麻呂の心境を吐露（または代弁）した歌には違いない。

剣刀《つるぎたち》　両刃《もろは》の利《と》きに　足踏みて　死なば死なむよ　公《きみ》に依《よ》りては（二四九八）

〈現代語訳〉

剣太刀の鋭い刃に足を踏み貫いて、死ねるものなら死にもしましょう、貴方のためなら。

愛する男との仲を引き裂かれた女性の、男への一途な思いを吐露した歌である。情熱的で、才知溢れる女性の姿が、この一首からは浮かび上がってこよう。次は、これに応えた男、すなわち人麻呂の歌である。

我が妹に　恋し度《わた》れば　剣刀《つるぎたち》　名の惜しけくも　念《おも》ひ得ざれば（二四九九）

〈現代語訳〉

長年にわたって、貴女を恋し続けてきたので、いまさらわが名を惜しむ気持ちなど思いもよらぬこと、いつでも死ぬ覚悟はできているよ。

必死の覚悟で女が口にした「剣刀《つるぎたち》」という言葉を、人麻呂は「名」にかかる枕詞に転用することで、一途な女心を宥《なだ》め、かわしたと言えようか。「名」とは、この場合、持統天皇の朝廷における、人麻呂の大舎人としての地位と立場、あるいは歌人としての名声を指しているのだろう。

柿本朝臣人麻呂、妻死にし後、泣血哀慟《きゅうけつあいどう》して作る歌二首　併せて短歌

天飛《あま》ぶや　軽《かる》の路は　吾妹児《わぎもこ》の　里にしあれば　ねもころに　見まく欲しけど　已《や》まず行かば　人目を多み　まねく往《ゆ》かば　人知りぬべみ　さね葛《かずら》　後《のち》も逢はむと　大船の　思ひ憑《たの》みて　玉かぎる　磐垣淵《いわかきふち》の　隠《こも》りのみ　恋ひつつあるに　渡る日の　暮れぬるがごと　照る月の　雲隠るごと　沖つ藻の　なびきし妹は　黄葉《もみじば》の　過ぎて去《い》にきと　玉梓《たまずさ》の　使《つかい》の言えば　梓弓《あづさゆみ》　声の　み聞きて　言はむすべ　せむすべ知らに　声のみを　聞きてあらねば　吾が　恋ふる　千重の一隔《ひとえ》も　遣《なぐさ》もる　情《こころ》もありやと　吾妹子《わぎもこ》の　止《や》まず出で見し　軽の市《いち》に　吾立ち聞けば　玉だすき　畝傍《うねび》の山に　喧《な》く鳥の　音《こえ》も聞こえ

ず　玉桙《たまほこ》の　道行く人も　ひとりだに　似てしゆかねば　すべをなみ　妹《いも》の名喚《よ》びて　袖《そで》ぞ振りつる（二〇七）

〈現代語訳〉

軽《かる》の大通りはわが愛する人の里であるので、よくよく見たいとは思うが、度々行ったら人目もあることだし、頻繁《ひんぱん》に行ったら人に知られてしまいそうだし、そのうちに逢おうと、後日を期して、ひそかに恋い慕っていたところ、まるで太陽が沈むように、月が雲に隠れるように、私に全てを捧げた愛《いと》しい人は「お亡くなりになりました」と使いの者が言うので、何と言ったらよいものか、どうしたらよいものか、報《しら》せを聞いただけでは済ませられないので、この切なさの千に一つも紛れることもあろうかと、あの人がよく眺めていた軽の街へ出掛けていって、耳を澄ませてはみたけれど、あの人の声はおろか畝傍《うねび》山でいつも鳴いていた鳥の声さえ聞こえず、道行く人にも一人としてあの人に似た人はいないので、為すすべもなく、愛《いと》しい人の名を呼んでは袖を振り続けた。

短歌二首

秋山の　黄葉《もみじ》を茂み　迷いぬる　妹《いも》を求めむ　山道《やまじ》知らずも（二〇八）

〈現代語訳〉

秋の山の、色とりどりに紅葉した木々の茂みに、迷い込んでしまったわが妻よ、その妻を捜しに行く道さえも、私には皆目見当がつかない。

黄葉《もみじば》の　落《ち》り去るなへに　玉梓《たまずさ》の　使ひを見れば　相《あ》ひし日念《おも》ほゆ（二〇九）

〈現代語訳〉

色づいた木の葉の散ってゆく折も折、手紙を届ける使いの者を眺めていると、妻の生きていた日々のことが、しみじみと思い出される。

長歌「泣血哀慟歌」（二〇八）からは、人麻呂の愛した女性の里（生家）が畝傍山の麓・軽《かる》の地にあったこと、その家へは、その女性の生前にもまた死後にも、容易には訪ねて行けなかったことが分かる。その家とは、持統天皇の孫・軽皇子《かるのみこ》の養育に当たった、畿内でも有力な氏族・軽氏ではなかろうか。軽氏の娘、すなわち軽娘子《かるのおとめ》は氏女《うじめ》として持統天皇に近侍し、いずれは軽皇子（文武《もんむ》天皇）の添い伏し役を務め、皇位継承者の母となることを期待されたかもしれない。そう考えないと、軽娘子に愛された人麻呂が、彼女の家に拒まれる理由を説明できない。

「泣血哀慟歌」一〇首（長歌二首併せて短歌四首、「或本歌曰」長歌一首併せて短歌三首）は、公的な文書に記録されるはずのない歌である。それを「柿本朝臣人麻呂作歌」として『万葉集　巻第二』に採録したのは、誰であったのか。それは人麻呂の同時代人で、『柿本朝臣人麻呂之歌集』が人麻呂その人の作であることを知っていた人であろう。最終編者大伴家持ではなく、その父旅人か祖父の安麻呂か、それとも山上憶良ではなかったかと推測されるが（編者を一人と限定する必要はない）、その根拠については、後に触れることとする。
次に、「泣血哀慟歌」長歌の二首目（二一〇番歌）と短歌二首（二一一番歌、二一二番歌）を見てみよう。

うつせみと　念《おも》ひし時に　取り持ちて　吾《あ》が二人見し　走り出の　堤《つつみ》に立て
る　槻《つき》の木の　こちごちの枝の　春の葉の　茂りの如く　念へりし　妹《いも》はあ
れど　憑《たの》めりし　児等《こら》にはあれど　世間《よのなか》を　背きし得ねば　蜻火《かぎろい》の　燎《も》ゆる
荒野《あらの》に　白妙《しろたえ》の　天領布《あまひれ》隠《がく》り　鳥じもの　朝立ちいまして　入日なす　隠り
にしかば　吾妹子が　形見に置ける　若児《みどりご》の　乞ひ泣くごとに　取り与ふる
　物し無ければ　男じもの　腋挟《わきばさ》み持ち　吾妹子《わぎもこ》と　二人吾宿《あがね》し　枕づく
嬬屋《つまや》の内に　昼はも　うらさび暮らし　夜はも　息づき明かし　嘆けども
せむすべ知らに　恋ふれども　相《あ》ふよしをなみ　大鳥の　羽易《はがい》の山に　吾が
恋ふる　妹はいますと　人の云へば　石根《いわね》さくみて　なづみ来《こ》し　吉《よ》けくも

そなき　うつせみと　念ひし妹の　玉かぎる　ほのかにだにも　見えなく思へば（二一〇）

〈現代語訳〉

まだこの世の人と思っていた時に、妻と二人で手を組んで眺めた走出《はしりで》の堤、その堤に立っている欅《けやき》の木の、枝に春の若葉が茂っているように、若いと思っていた妻ではあるが、頼みにしていた妻ではあるが、人の世の掟《おきて》に逆らうことはできず、陽炎《かげろう》の揺らめく荒れ野に白い布で覆われて、鳥のように朝発ちをして、落日のように隠れてしまったので、妻が形見に遺した幼子が、何かを欲しがって泣く度に、あてがうものもないので、男だてらに小脇に抱えて、かつて妻と枕を並べた離れの部屋で、昼は寂しく暮らし、夜はため息をついて明かし、嘆き悲しむけれど、なすすべを知らず、恋いこがれても逢う手立てもなく、「羽易《はがい》の山に、貴方の恋い慕うあの方は、いらっしゃいます」とある人が言うので、岩ばかりの径を踏みわけて、やっとの思いで来てはみたが、その甲斐もないではないか、この世の人だと思っていた妻が、ほのかにでも見えないと思うと。

短歌二首

去年《こぞ》見てし　秋の月夜は　照らせども　相《あい》見し妹は　いや年放《さか》る（二一一）

〈現代語訳〉

去年眺めた秋の月は、今も変わらず照っているが、この月を一緒に眺めた妻の面影は、次第に遠ざかってゆくことだ。

衾道《ふすまじ》を　引手《ひきで》の山に　妹を置きて　山径《やまじ》を往《ゆ》けば　生《い》けりともなし

〈現代語訳〉

引手の山（火葬の地）に妻の遺体を置き去りにして、こうして山の小道を辿るにつけても、自分が生きているという実感は、とても持てそうにない。

突然、最愛の妻に先立たれた人麻呂の、悲痛な叫びが聞こえてくるようだ。しかも、その妻・軽娘子は幼い子供を残して逝ってしまった。羽易の山（あるいは引手の山）がどこにあるのか、不明であるが、おそらく死者の霊魂の宿る隠口、初瀬川の流域から程遠くない山であろう。

軽娘子が世を去ったのは、何時のことであろうか。また、その死因は何であったのか。それを探る手掛かりとして、「泣血哀慟歌」長歌二首の次に「或る本の歌に曰く」として掲載されている長歌（二一三番歌）は、有力な手掛かりを与えてくれる。この二一三番歌は、「うつせみと　念ひし時に……」で始まる二一〇番歌と同工異曲の長歌であるが、その最後は注目すべき言葉で締めくくられているからである。

或る本の歌に曰く

うつそみと　念《おも》ひし時に　携《たずさ》へて　吾《あ》が二人見し　出立《いでたち》の　百足《ももだ》る槻《つき》の木こちごちに　枝刺せるごと　春の葉の　茂るが如く　念へりし　妹にはあれど　恃《たの》めりし　妹にはあれど　世の中を　背きし得ねば　かぎろひの　燎《も》ゆる荒野《あらの》に　白栲《しろたえ》の　天領布隠《あまひれがく》り　鳥じもの　朝立ちい行きて　入日なす　隠《かく》りにしかば　吾妹子の　形見に置ける　緑児《みどりこ》の　乞《こ》ひ哭《な》くごとに　取り委《まか》す物し無ければ　男じもの　腋挟《わきはさ》み持ち　吾妹子《わぎもこ》と　二人吾《あ》が宿《ね》し　枕附《まくらづ》く嬬屋《つまや》の内に　日《ひる》は　うらさびくらし　夜は　息衝《づ》きあかし　嘆けども　為すすべ知らず　眷《みまわ》せど　相《あ》ふ縁《よし》を無み　大鳥の　羽易《はがい》の山に　汝《な》が恋ふる妹はいますと　人の云へば　石根《いわね》さくみて　なづみ来《こ》し　好《よ》けくもぞなき
うつそみと　念《おも》ひし妹が　灰にていませば（二一三）

〈現代語訳〉

妻がまだこの世の人であった時に、手をとり合って二人で見た出立の欅《けやき》の大木が、あちらこちらに枝を伸ばしているように、春の葉が生い茂っているように、若いとばかり思っていた妻ではあるが、頼りにしていた妻ではあるが、人の世の宿命に背くことはできず、陽炎《かげろう》の燃える荒野に、天女の白い羽衣に包まれて、鳥でもないのに、朝に家を出て、隠れてしまったので、その妻が形見に遺していった幼子が、ものをねだって泣くたびに、持たせてやるものもないので、男だてらに幼子を脇に抱きかかえて、かつて妻と二人で寝た離れ屋の中で、昼はしょんぼり暮らし、夜はため息をついて明かし、嘆いてはみるものの、為す術《すべ》を知らず、如何に周囲を見回しても、妻に逢える手立てはなく、「羽易《はがい》の山に、貴方の恋い慕う奥さまはいらっしゃいます」とある人が言うので、岩ばかりの径を踏み分けて、やっとの思いで来てはみたが、その甲斐もないではないか、この世の人と思っていた妻は、灰になってしまったので。

短歌三首

去年《こぞ》見てし　秋の月夜は　渡れども　相《あい》見し妹《いも》は　いや年離《さか》る（二一四）

〈現代語訳〉

去年眺めた秋の月は、今も天空を移ろってゆくが、あの月を一緒に眺めた妻は、過ぎゆく歳月と共に、ますます私から遠ざかってゆく。

衾路《ふすまじ》を　引出《ひきで》の山に　妹《いも》を置きて　山路《やまじ》念《おも》ふに　生《い》けりともなし（二一五）

〈現代語訳〉

引出の山に亡き妻を置いてきたので、そこへの山路を思うにつけ、生きた気もしないことだ。

家に来て　吾が屋を見れば　玉床《たまどこ》の　外《そと》に向きけり　妹が木枕（二一六）

〈現代語訳〉

家に帰って、わが部屋を眺めたら、寝床の外の方を向いていたよ、亡き妻の木枕は（妻の魂は、愛用の木枕からも、離れてしまったようだ）。

文武四（七〇〇）年三月一〇日、元興寺の僧・道照が亡くなって、その遺志により飛鳥粟原の地で荼毘《だび》に付されたが、それはわが国最初の火葬とされる。その翌文武五（七〇一）年九月一八日から一〇月一九日にかけて、文武天皇と持統上皇の紀伊国行幸に従った人麻呂は、前述したように、亡き軽娘子を偲ぶ短歌四首を詠んだ。したがって、軽娘子の死は、死後火葬されたことに鑑み、文武四（七〇〇）年三月以降、文武五（七〇一）年九月以前ということになる。さらに、この一年半をさらに限定しうる論拠を、「泣血哀慟歌」中の次の短歌（『万葉集巻第二』〈挽歌〉）に求めることができる。

去年《こぞ》見てし　秋の月夜は　照らせども　相見し妹は　いや年放《さか》る（二一一）

〈現代語訳〉

去年眺めた秋の月は、今も照ってはいるが、一緒に眺めた妻は、年月とともに、だんだん遠ざかってゆく

軽娘子の死が文武四（七〇〇）年のことなら、その前年の文武三（六九九）年の秋、人麻呂は生前の軽娘子と共に月を眺めたことになる。しかし、何時からかは不明ながら、文武四年四月の明日香皇女薨去以前には、藤原京はおろか畿内から、人麻呂は姿を消していたと思われる。文武三年七月に弓削皇子が、同年九月に新田部皇女が、同年一二月に大江皇女が、相次いで薨去するが、これら三人の皇族を追悼する人麻呂挽歌は存在しないからである。つまり、その時期、人麻呂は都に居なかったということになる。それ以前も以後も、天皇を除く皇子・皇女への挽歌創作は人麻呂の独占場であった。弓削皇子挽歌の作者となった置始東人《おきそめのあずまひと》は、急遽、人麻呂の代作者とされたであろう。ここで問題になるのが、文武天皇即位後の人麻呂の処遇ということになる。この問題は次章に譲るとして、ともあ

れ、文武三年の秋、人麻呂は都に不在であり、したがって、軽娘子と共に月を眺めることはありえなかった。

文武四年四月に明日香皇女が薨去したが、その時、人麻呂は都に戻っていた。亡き明日香皇女の殯宮に挽歌を捧げているからである。軽娘子と月を眺めたのはその年の秋、亡き妻・軽娘子を偲ぶ「泣血哀慟歌」を詠んだのは翌文武五年の秋、その直後に文武天皇と持統上皇の紀伊国行幸に随行と、これが正しい時系列であろう。とすると、軽娘子は何時、どのようにして世を去ったのであろうか。

『続日本紀』文武天皇四（七〇〇）年の項に、「十二月二十六日　大倭国に疫病が起こった。医者と薬を下賜して、これを救わせた」（宇治谷猛氏の現代語訳による）との一文が記されている。悪性の伝染病が流行したとすれば、当時の医療水準で、これを短期間に抑え込むことは、難しかったであろう。この疫病によって、軽娘子は一命を奪われたのではなかったろうか。人麻呂の「泣血哀慟歌」によれば、余り頻繁に通ってゆくと人の口がうるさいので、暫く逢わないでいたら、突然、使いの者が妻の訃報を伝えにきた、と説明されている。予期せぬ突然の死であったわけで、その死因が疫病なら、突然の死も納得できよう。しかも、「泣血哀慟歌」に「うつそみと　念ひし妹が　灰にていませば（生きているとばかり思っていた妻は、灰になってしまったので）」と歌われているように、人麻呂の妻が、その死後、当時極めて異例とも言うべき火葬にされたことは、その死が疫病によるものであったことを推測させる。

文武五（七〇二）年の前半に、軽娘子は亡くなったであろう。茫然自失の人麻呂が「泣血哀慟歌」で亡き妻を偲んだのは、その年の秋であった。この時、人麻呂は四十九歳になっていた。軽娘子の享年は不明であるが、持統天皇に近侍し始めた時を十代の後半と仮定すれば、それからほぼ十年が経過しており、二十代の後半と見做すべきであろう。親子ほどにも年齢の隔たったこの一組の男女は、深い信頼と愛情によって結ばれていたが、それを祝福する者は、誰一人としていなかったであろう。

軽娘子の死からさかのぼること四年、持統一一（六九七）年八月、その頃病気がちであった持統天皇は、孫の軽皇子に譲位、太上天皇として軽皇子改め文武天皇（十五歳）の後見役にまわった。軽娘子に妊娠の兆候が顕著となったのは、その頃ではなかったろうか。その軽娘子に、軽の里へ退くことを促したのは、持統上皇であったろう。一方、人麻呂に対しては、地方官（税帳使、部領使など）といった役職で、僻遠の地への赴任を命じたであろう。これは持統上皇の指示というよりは、左大臣多治比真人嶋の配慮であったかもしれない。人麻呂と軽娘子との関係は、朝廷内で好奇の目にさらされ、非難中傷の的になっていたであろうから。

第七章　臨死自傷歌など

『万葉集　巻第三』〈雑歌〉に、「柿本朝臣人麻呂羇旅《きりょ》歌八首」と題詞のついた作品群が収録されている。全八首のうち、前半四首が大和を離れて任地・讃岐国へ向かう時の歌、後半四首は任期を終えて帰国する時の歌、と考えてよい。讃岐へ赴いたのが何時のことか、不明ではあるが、「石中死人歌」以外に讃岐での歌が残されていないことを考えれば、讃岐での滞在が短期間であった可能性は高い。文武三（六九九）年春から翌文武四（七〇〇）年春までの一年間、人麻呂四十七歳の頃、と仮定しておく。この仮定に立って、文武四（七〇〇）年前後の人麻呂の足どりを、次のような時系列で整理しておこう。

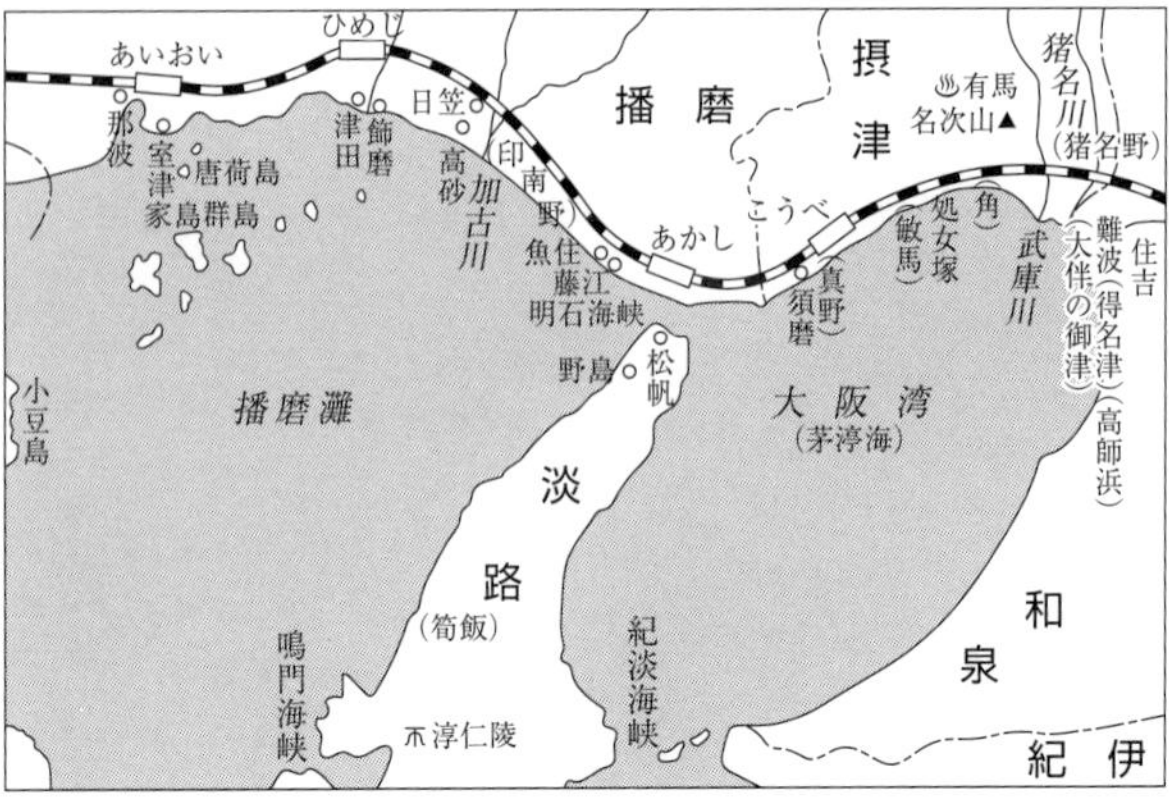

瀬戸内海東部

出典)『新潮日本古典集成　万葉集一』431頁。

文武三（六九九）年　七月二一日（弓削皇子薨去）以前に、人麻呂は藤原京を離れて、讃岐の国へ地方官として赴任か。（人麻呂四十七歳）

文武四（七〇〇）年　四月四日（明日香皇女薨去）以前に、人麻呂は藤原京に帰任して、明日香皇女に挽歌を捧げる。秋、軽娘子と月を眺める。（人麻呂四十八歳）

文武五（七〇一）年　この年上半期に軽娘子死去か。九―一〇月、文武天皇と持統上皇の紀伊国行幸に、人麻呂も山上憶良も臣従。（人麻呂四十九歳）

三津《みつ》の埼《さき》　浪を恐《かしこ》み　隠江《こもりえ》の　舟なる公《きみ》は　奴嶋《ぬしま》にと宣《の》る（二四九）

〈現代語訳〉

ここは難波の御津の崎、浪の速さを避けて、入江にもやっていた小舟の船頭が、「さあ、これから野島へ！」と号令をかけたことよ。

御津《みつ》の崎は瀬戸内航路の玄関口であった。現在の大阪平野は、当時、河内湖と呼ばれる巨大な入り江であったから、外洋と入り江との接点にあった御津の崎では、出船も入船も、共に潮時を待たねばならなかった。その潮時を測って、船長は「野島へ！」と叫んだのである。野島は淡路島西海岸の北端から四キロの地にあり、瀬戸内航路の寄港地の一つであった。

珠藻《たまも》刈る　敏馬《みぬめ》を過ぎて　夏草の　野嶋《のしま》の埼《さき》に　舟近づきぬ（二五〇）

〈現代語訳〉

海女たちが海草を刈っている敏馬を過ぎて、夏草の生い茂っている野島の崎に、いよいよ私を乗せた小舟は近づいたことだ。

敏馬は神戸市灘区岩屋町付近の地名である。この歌は「敏馬を過ぎて、野島崎に舟が近づいた」という事実を述べただけのように見えるが、それだけではあるまい。「玉藻刈る」のは海女、すなわち姿を「見ぬ女《め》」であり、同時に逢うことのできない妻のことでもあろう。愛する妻と別れて、遥か野島崎まで来てしまったことを、嘆いているのだ。なお、この二五〇番歌には「一本云」として、「乙女を過ぎて　夏草の　野嶋が埼に　いほりす吾等は」という歌が添えられている。「乙女」は芦屋・神戸間の地名である。この「一本云」によれば、瀬戸内航路の第一夜を淡路島北端の野島崎で宿泊したことになる。船内では食事も排泄も無理で、陸地沿いに航海しては、度々寄港地に停泊する、といった航海ではなかったろうか。讃岐国まで、三日以上はかかったであろう。

粟路《あわじ》の　野嶋の前《さき》の　浜風に　妹の結びし　紐《ひも》吹き返す（二五一）

〈現代語訳〉

淡路島の野島崎の海風に、妻の結んでくれた着物の上紐が翻っている。

愛し合う男女が別れる時、相手の着物の表紐を結び合い、次に逢う時まで、その紐を解かない風習があったという。その紐を解かんばかりの強い海風が吹くのである。まるで流刑を受けた罪人のように、遠い讃岐国へと赴く人麻呂は、海からの風に弄ばされる着物の紐に、軽娘子と自らの境遇を託したのであろう。

荒栲《あらたえ》の　藤江の浦に　鱸《すずき》釣る　白水郎《あま》とか見らむ　旅去《ゆ》く吾《あれ》を（二五二）

〈現代語訳〉

藤江の浦で鱸を釣る海人とでも、人は見るだろうか、旅する私のことを。

「荒栲《あらたえ》の」は「藤」にかかる枕詞であり、藤江は明石海峡北西の海辺の地名である。同じ官命でも、遣唐使とは雲泥の差で、粗末な小舟に身をゆだねて旅する自分を、土地の人はどう見るだろうか、と自問している。陸地の人影が見えるほどの近海を、人麻呂を乗せた小舟は航行しているのであろう。我が身の拙さを、しみじみと噛みしめている人麻呂がいる。

稲日野《いなびの》も　去《ゆ》き過ぎかてに　思へれば　心恋しき　可古《かこ》の嶋見ゆ（二五三）

〈現代語訳〉

印南野《いなみの》も通り過ぎるには惜しいと思っていたが、それ以上に心惹《ひ》かれる加古《かこ》の島が見えてきた。

印南野は明石から姫路にかけての加古川扇状地を言うか。この近海を船で航行する場合、この地がよく歌に詠まれてきたのは、潮の流れか、海底の地形か、危険を伴う海路であったからだろう。その上、景勝の地でもあったことは、この人麻呂短歌が物語っている。人麻呂が、何故「可古の嶋」を「心恋し」く思ったのか、謎めいた歌ではある。加古の島は現存しないが、多分、昔は加古川河口近辺に島（あるいは三角州）があったのであろう。人麻呂にとって、瀬戸内航路は初めての旅であるから、加古の島を懐かしく思う理由はない。考えられるのは「加古」と「彼児《かのこ》」または「吾子《あこ》」との音の響きの共通性であろう。人麻呂の帰りを待つ妻と幼い子供のことを恋しく思っているのであろうか。讃岐国での任期を終えて、大和国に帰る時の歌である。

留火《ともしび》の　明石大門《あかしおおと》に　入《い》らむ日や　漕《こ》ぎ別れなむ　家のあたり見ず

（二五四）

〈現代語訳〉

明石海峡に沈もうとする夕日に、舟で別れてきた家のあたりは、見えなくなってしまった。

「留火《ともしび》の」は「明石」の枕詞。船が難波の御津の崎に近づくあたりで、明石海峡に沈む夕日を眺めての感慨である。「漕ぎ別れなむ　家のあたり」とは、最後の寄港地、淡路島西岸の野島であろうか。長い船旅が終わりに近づいた安堵感とそこはかとない旅愁が伝わってくる。

天離《あまざか》る　夷《ひな》の長道《ながち》ゆ　恋ひ来れば　明石の門《と》より　倭嶋《やまと》見ゆ（二五五）

〈現代語訳〉

遥かに遠い地方から、思いこがれて帰ってきたら、嗚呼、明石海峡から大和の国の山々が見えるよ。

時間的には二五四番歌より先の歌である。「天離《あまざか》る　夷《ひな》」は、この場合、讃岐《さぬき》国《のくに》のことである。愛する妻子の待つ大和への帰国を、人麻呂はどれほど待ち望んだことか。「恋ひ来れば」には、万感の思いが込められている。明石海峡から「倭嶋《やまとしま》」、すなわち生駒・金剛山系の山並みを眺め得た時の喜びが、素直に表現されている。

笥飯《けひ》の海　庭好くあらし　刈り薦《こも》の　乱れて出づ見ゆ　海人《あま》の釣船（二五六）

〈現代語訳〉

淡路島西海岸の笥飯の海は、好い魚場であるらしい。われ先にと、幾艘もの漁船の出漁してゆくのが見える。

時間的には、二五四番歌、二五五番歌より前に置かれるべき歌。「笥飯の海」

は淡路島西岸一帯の海、「刈り薦の」は「乱れ」の枕詞。帰路、最後の寄港地となった野島崎で、早朝に港を出てゆく漁船団を詠んだ歌である。

讃岐国における人麻呂の足どりは不明である。次に紹介する「石中死人歌」以外に、讃岐国で詠んだ歌が見当たらないからである。「石中死人歌」は行路病死者を悼む歌で、その舞台は狭岑の島（沙弥島）である。古墳が多くあり、流人の島との推測説（梅原猛）もある。

讃岐狭岑《さぬきさみね》の島に石中死人を視て、柿本朝臣人麻呂の作る歌一首并びに短歌

玉藻《たまも》よし　讃岐の国は　国柄《くにから》か　見れども飽きぬ　神柄《かむから》か　ここだ貴き　天地　日月と共に　満ち行かむ　神の御面《みおも》と　次ぎ来たる　中の水門《みなと》ゆ　船浮けて　吾が漕ぎ来れば　時つ風　雲居に吹くに　奥《おき》見れば　とゐ浪立ち　辺《へ》を見れば　白浪散動《うねり》　鯨魚《いさな》取り　海を恐《かしこ》み　行く船の　梶引き折りて　彼此《おちこち》の　嶋は多けど　名ぐはしの　狭岑の嶋の　荒磯面《ありそも》に　廬《いおり》作て見れば　浪音

の　茂き浜辺を　しきたへの　枕に為して　荒き床　自伏《ころふ》す君の　家知らば　往きても告げむ　妻知らば　来も問はましを　玉桙《たまほこ》の　道だに知らず　おほほしく　待ちか恋ふらむ　愛《は》しき妻らは（二二〇）

〈現代語訳〉

讃岐の国は、お国柄か、眺めて飽きず、国神の性格か、実に尊く、時空ともに欠けるところがない。その玄関口の役割を果たしてきた那珂港から、船を漕ぎ出すと、風が雲を吹き飛ばし、沖を眺めやると、大波がうねり、浜辺を眺めやると、白波が騒いでいる。海を畏れて、梶も折れんばかりに漕いで、島々も多くある中で、その名も妙なる狭岑島の荒磯に宿営すると、波音高い浜辺を枕に、荒れた岩礁の上に横たわる死体がある。その人の家が分かれば、行って知らせてもあげようものを、その人の妻が知ったら、訪ねても来ようものを、ここへの道も分からず、ひたすら帰りを待っているることだろう、愛するその妻たちは。

反歌二首

妻もあらば　摘みてたげまし　作美《さみ》の山　野上《のがみ》のうはぎ　過去《すぎに》けらずや（二二一）

〈現代語訳〉

妻がいたら、摘んで食べたであろうものを。狭岑島の野の嫁菜は、すでに摘み時が過ぎてしまったではないか。

奥《おき》つ波　来依《よ》す荒磯《ありそ》を　しきたへの　枕と巻きて　なせる君かも（二二二）

〈現代語訳〉

沖波の打ちよせる荒磯を枕に、永遠の眠りについた君よ、嗚呼《ああ》……

『万葉集　巻第二』〈挽歌〉に、「泣血哀慟歌」、「吉備津采女挽歌」の次に配置された歌であるが、時間的には「泣血哀慟歌」の前に置かれるべきであろう。狭岑（沙弥）島は瀬戸内海にある小島で、現在は埋立てによって坂出市と陸続きとなっている。那珂の港は、現在の丸亀市あたりにあったろうか。文武四（七〇〇）年春、讃岐国から都へ帰る途中の作であろう。

ところで、人麻呂にとって、「石中死人歌」で歌われた哀れな行路死人の運命は、他人事ではなく、明日の我が身でもあったろう。軽娘子の待つ大和の国へと、帰路を急ぐ人麻呂の脳裏には、狭岑島の石中死人の姿が焼き付いて離れなかったはずである。その後、人麻呂を乗せた船は、瀬戸内海を難波の津まで航行したであろう。その後の人麻呂の足どりは、徒歩なら大和川に添って東行し、現在の藤井寺市船橋町あたりで大和川に注ぐ石川添いの道を南に向かったであろう。右手に古市古墳群を眺めながら、巨大な応神天皇陵を過ぎたあたりで金剛山系から流れ下る石川の流域を離れ、いわゆる竹内街道を東南へ辿って、金剛山系を超えたであろう。その時、疲労困憊の人麻呂には、自らの死がまざまざと幻想されたのではなかったろうか。

柿本朝臣人麻呂、石見国に在りて死に臨む時に、自ら傷みて作る歌一首

鴨山の　磐根《いわね》し巻ける　吾をかも　知らずと妹の　待ちつつあるらむ

（二二三）

〈現代語訳〉

鴨山の岩を枕に行き倒れている、そんな私のことも知らないで、今頃、妻は私の帰りを待っていることだろう。

『万葉集　巻第二』〈挽歌〉に「石中死人歌」（二二〇―二二二）の次に置かれた歌である。題詞に「石見国に在りて」とあるが、石見国に鴨山という山は存在しない。また、この「臨死自傷歌」に応じたとされる「依羅娘子」（人麻呂の妻とされる）の歌（二二四番歌、二二五番歌）中の「石川」という川も、石見国には存在

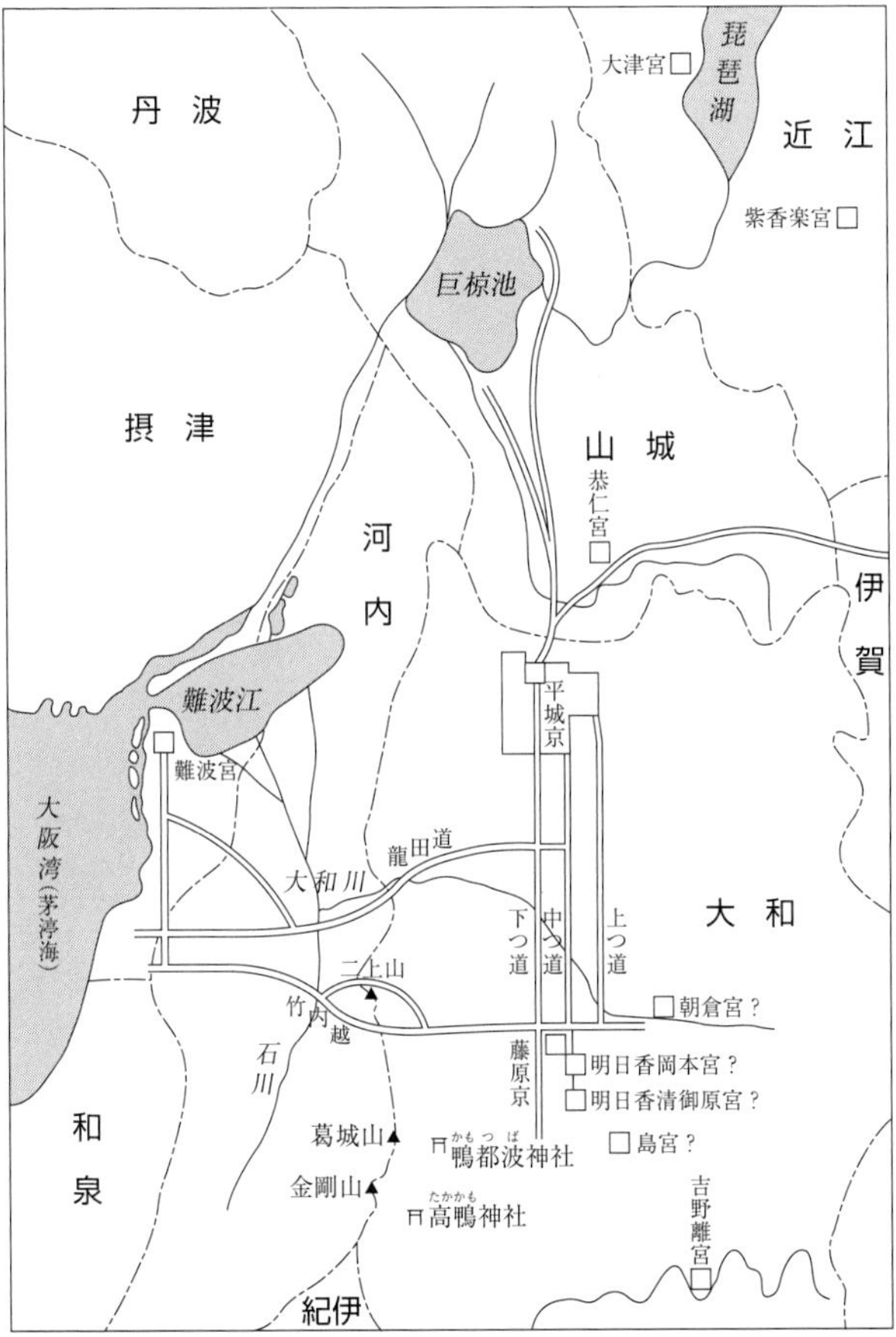

万葉時代の都

出典）『新潮日本古典集成　万葉集一』，平林章仁『謎の古代豪族葛城氏』祥伝社新書

しない。

斎藤茂吉の『鴨山考』は、「鴨山」を「亀の地の山」が訛ったもの、「石川」を「石の多い川」と解釈して、島根県邑智郡美郷町湯抱温泉付近、江の川支流尻無川を人麻呂終焉の地と見做した。この斎藤茂吉説を批判した梅原猛（『水底の歌上下巻』新潮社）は、鴨山を島根県益田市沖の鴨島（地震で崩壊、水没したとの伝承がある）、石川を高津川と見做したが、共に論拠薄弱と言わねばなるまい。

鴨山とは、大和岩雄著『人麻呂の実像』（大和書房）で指摘されているように、鴨（賀茂）一族の神を祀る山、葛城山を主峰とする金剛山系のことである。その麓には、上賀茂神社と下鴨神社が都に移った後も、鴨都波神社や高鴨神社など、鴨氏ゆかりの神社が現存する。この金剛山系から大阪平野を流れる大和川に注ぐ川が石川であり、この石川流域を藤原京へと辿る道が竹内街道である。題詞に「石見国に在りて」とあることを絶対視する限り、すなわち万葉研究が原典主義（原典を絶対視して、これを疑うことを許さない立場に立つこと）を固守する限り、真実は覆い隠されたままであるだろう。『万葉集』の編者たちにも数々の過誤のあることは、留意しておくべきである。

藤原宮に帰任した人麻呂は、左大臣多治比真人嶋に帰任の報告をした後、二二〇番歌「石中死人歌」と二二三番歌「人麻呂自傷歌」を披露したに違いない。持統天皇を支えてきたこの老練の政治家は、人麻呂の数少ない理解者の一人であったろう。人麻呂としては、道中の安全も保障されぬまま、遠国への赴任を命じられる下級官吏の立場を、訴えたかったに違いない。

人麻呂の歌に、まず歌を以って応えたのは、依羅娘子《よさみのおとめ》であった。多治比真人嶋の本貫（出身地）依羅《よさみ》出身の氏女《うじめ》であろう。

今日今日と　吾《あが》待つ君は　石水《いしかわ》の　谷に交《まじ》りて　ありと言はずやも（二二四）

〈現代語訳〉

（お帰りになるのは）今日か今日かと、私が待っているお方は、石川の谷で行き倒れになっている、とでもおっしゃるのですか。

直《ただ》に相《あ》ふは　相《あ》ひかつましじ　石川に　雲立ち渡れ　見つつ偲《しの》ばむ（二二五）

〈現代語訳〉

直接に逢うことは、もう無理なのでしょうね。せめて石川に雲でも立ち昇ってほしいものですわ。それを眺めながら、あのお方を偲びましょう。

咄嗟に行路死者の妻になり代わって、二首の歌を以って人麻呂に応えた依羅娘子は、並外れて機転のきく才女と言うべきであろう。この点に関して、従来の万葉学者の中で、最も真相に近い解釈を提出したのは、伊藤博『万葉集の歌人と作品（上）』（塙書房）であった。一連の人麻呂自傷歌を、同書は、依羅娘子が「妻」を演じ、人麻呂が「夫」を演ずる一種の歌劇だった、としている。

一方、多治比真人嶋の方は、人麻呂が披歴したもう一つの歌、すなわち「石中死人歌」に、次のような歌で応えたのであった。

丹比真人《たじひのまひと》　名欠けたり、柿本朝臣人麻呂の意を擬《なずら》へて、報《こた》ふる歌一首

荒浪に　縁り来る玉を　枕に置き　吾ここにありと　誰か告げけむ（二二六）

〈現代語訳〉

「荒浪にうち寄せられる玉石を枕にして、私はここにいますよ」と、誰に知らせたものだろうね。

「石中死人歌」（二二〇―二二二）と「人麻呂自傷歌」（二二三―二二七）とは、宮廷の記録として残されたであろう。それらが『万葉集』に収録される際、事情を知らぬ編者によって、二二三番歌「鴨山の……」には「石見の国に在りて、死に臨む時に、自ら傷みて作る」との題詞が、二二四番、二二五番の両歌には「柿本朝臣人麻呂が死にし時に、妻依羅娘子が作る」との題詞が、添えられたであろう。

人麻呂の死は、『万葉集　巻第二』の編者によって、「石見相聞歌」と結びつけられてしまったようだ。その結果、後の世に、人麻呂海中刑死説のような奇説を生むことにもなった。ちなみに、梅原猛の人麻呂流刑説・刑死説（『水底の歌――柿本人麻呂論――上巻、下巻』新潮社）にあるような、人麻呂が反逆罪またはそれに相当する重罪に関与したことをうかがわせる資料は皆無であり、まして首に重石をつけて海に突き落とすような刑罰は、昔も今もわが国に存在しない。反逆罪への刑罰は死罪であり、その方法は絞首刑または斬首刑であったことは、有間皇子の例に照らしても明らかであろう。

第八章　石見相聞歌

大宝令が施行された年、文武五（七〇一）年の七月に、左大臣多治比真人嶋が世を去った。人麻呂が軽娘子と死別して間もない頃のことである。その翌文武六（七〇二）年、すなわち大宝二年一二月に、持統上皇は五十八年の生涯を終えた。持統崩御の報に接した人麻呂は、いかなる感慨にとらわれたであろうか。おそらくは、言い知れぬ喪失感に襲われたであろう。二十歳を超えたばかりの若い文武天皇を補佐するのは、藤原不比等ら中国語（漢文）に堪能なエリート官僚たちであり、彼らは新しく制定された大宝律令によって、中央集権国家の整備を進めていった。そのために、地方へは多くの巡察使が派遣された。

巡察使として、人麻呂は石見国《いわみ》へ派遣されたであろう。それが何時のことで、どれほどの期間であったか、不明である。おそらくは、数カ月の短期間であったろう。持統天皇崩御から三年後、文武九（七〇五）年のことではなかったろうか。『続日本紀』によれば、慶雲二（七〇五）年四月五日の項に「使いを遣わして、全国を巡察させた」とある。人麻呂は既に五十三歳になっていたが、石見国に派遣され、その地で一人の女性を知り、やがて辛い別れを味わうことになる。軽娘子に死なれて、四年後のことである。

柿本朝臣人麻呂、石見国より妻と別れて上り来る時の歌二首並び短歌

石見《いわみ》の海　角《つの》の浦廻《うらみ》を　浦なしと　人こそ見らめ　潟《かた》なしと　人こそ見らめ　よしゑやし　浦はなくとも　よしゑやし　潟はなくとも　鯨魚《いさな》とり　海辺を指して　和多津《わたづ》の　荒磯《ありそ》の上に　か青く生《お》ふる　玉藻《たまも》沖つ藻　朝はふる　風こそ寄せめ　夕はふる　浪こそ来寄れ　浪のむた　か寄りかく寄る　玉藻

なす　依り宿《ね》し妹を　露霜の　置きてし来れば　この道の　八十隈《やそくま》ごとに
万《よろず》たび　顧《かえり》みすれど　いや遠に　里は放《さか》りぬ　いや高に　山も越え来ぬ　夏
草の　念《おも》ひしなえて　偲《しの》ふらむ　妹の門《かど》見む　靡《なび》けこの山（一三一）

〈現代語訳〉

（石見の海の都野《つの》の入江を、浜辺がないと人は見るだろうが、また干潟《ひがた》がないと
人は見るだろうが、たとえ浜辺はなくとも、また干潟はなくとも、海へ漕ぎ出す
港・渡津《わたつ》の荒磯のあたりに、青々と茂る海藻は、朝吹く風に、また夕べに寄せる
波に、吹き寄せられてくる。その波にうち寄せられる海藻のように）寄り添って
寝た愛《いと》しい人を、置き去りにして、来てしまったので、この道の曲がり角
ごとに、何度も振り返っては見るが、ますます里は遠ざかり、一層高くへ
と、山も越えてきてしまった。夏草が萎《しお》れるように、ふさぎこんで私を偲《しの》
んでいるだろうあの人の、せめては家の門だけでも眺めたいものだ。なび
き倒れてしまえ、この山よ。

反歌二首

石見《いわみ》のや　高角山《たかつの》の　木《こ》の際《ま》より　我が振る袖《そで》を　妹《いも》見つらむか（一三二）

〈現代語訳〉

石見の国の、都野《つの》の高山の木の間から、私が振る袖を、あの人は見てくれただろうか。

小竹《ささ》の葉は　み山も清《さや》に　乱《さわ》げども　吾は妹思ふ　別れ来ぬれば（一三三）

〈現代語訳〉

笹の葉は、山全体がさやさやと、風に騒いでいるけれど、私はひたすらあの人のことを思っている、永遠《とわ》の別れを告げてきたので。

一三一番歌（長歌）は全三十九句（西郷信綱によれば四十句）から構成されてい

るが、「石見の海」から「玉藻なす」までの二十三句（西郷によれば二十四句）は、「ただ『寄り寝し』の一語をさそい出す序詞にすぎない」（西郷信綱『詩の発生』未来社）という西郷説の解釈を支持したいと思う。また、この二十三句からなる長い序詞のうち、「鯨魚取り　海辺を指して」の二句は、和多津（渡津）にかかる序詞と見るべきであろう（諸注釈書は「和多津」を二ギタヅと訓んでいるが、ワタヅと訓んで、「鯨魚取り　海辺を指して」を「渡る」にかかる序と見るべき、との西郷説に与したいと思う）。地図で確認すれば、島根県江津《ごうつ》市の江《ごう》の川河口に渡津《わたつ》という地名が現存する。

高角山という名の山は存在せず、都野の高い山、すなわち島根県江津市都野津東方の島の星山（四七〇米）ではないか、との説が有力である。都野津は現・島根県江津市にあり、石見国の国府（現・島根県浜田市）に隣接する地である。人麻呂が石見国で知り合った女性の家は、この都野津にあったものと思われる。

地方での任務を終えた役人が、帰任に際して、その地で知り合った女性（いわゆる現地妻）を伴うことは許されなかった。したがって、この「石見相聞歌」が公的な場所で披露されることはなかったはずである。多分、元々は人麻呂の草稿ノート（『柿本朝臣人麻呂之歌集』）にあった歌であろう。したがって、本来なら「柿本朝臣人麻呂之歌集出」と左注されるべき歌群であった。この一点を以ってしても、「柿本朝臣人麻呂作歌」と「柿本朝臣人麻呂之歌集出」とを厳密に区分することの危うさはわかるはずである。

さて、「石見相聞歌」も、「泣血哀慟歌」同様、三通りの長歌並びに反歌があり、その二番目は次のようなものである。

つのさはふ　石見《いわみ》の海の　言《こと》さへく　辛《から》の埼《さき》なる　いくりにぞ　深海松《みるお》生ふ
る　荒磯《ありそ》にぞ　玉藻《たまも》は生《お》ふる　玉藻なす　靡《なび》き寝し児《こ》を　深海松の　深めて
思へど　さ宿《ね》し夜は　幾《いくだ》もあらず　延《は》ふつたの　別れし来れば　肝《きも》向かふ
心を痛み　念《おも》ひつつ　顧《かえり》みすれど　大舟の　渡りの山の　黄葉《もみじば》の　散りの乱《まがい》

に　妹《いも》が袖《そで》　清《さや》にも見えず　嬬隠《つまこも》る　屋上《やかみ》の山の　雲間より　渡らふ月の
惜しけども　隠《かく》らひ来れば　天伝《あま》ふ　入日刺しぬれ　大夫《ますらお》と　念《おも》へる吾《あれ》も
しきたへの　衣の袖は　通りて濡《ぬ》れぬ（一三五）

〈現代語訳〉

石見《いわみ》の海の唐崎の海底には、海松《みる》が生い茂り、荒磯には玉藻が生い茂っているが、その玉藻のように寄り添って寝たあの娘を、海松のように深く思っているけれど、共寝した夜は幾夜もないままに、別れてきてしまったので、胸の痛みに耐えかねて、あの娘を思いつつ振り返って見るが、渡《わたり》の山のもみじ葉が散り乱れて、あの娘の振る袖もはっきりとは見えず、屋上《やかみ》の山の雲間を渡る月が、惜しくも隠れてしまうように、あの娘の姿も隠れてしまった。そんな折も折、入日が差してきたので、男子たる私ではあるが、不覚にも涙で袖を濡らしてしまったことだ。

「玉藻なす　靡《なび》き寝し」は人麻呂特有の表現であるが、この場合、その対象が「児《こ》」とあるのは、人麻呂の愛した石見娘子《いわみおとめ》が、よほど若かったのだろう。「さ宿《ね》し夜は　幾《いくだ》もあらず」とあるように、二人の交情はごく短期間であったろう。人麻呂は、山上憶良のように、人生苦・生活苦を歌う歌人ではなかったが、彼の抱えていた人生苦は憶良に勝るとも劣るものではなかったから、石見国の純朴な乙女によって、どれほど癒《いや》されたか、計り知れないものがあったろう。その別れの背景が「黄葉《もみじば》の　散りの乱《まがい》に」となっているので、文武九（七〇五）年四月に石見の国へ赴任した人麻呂は、ほぼ半年間の任期を終えて、その年の秋には、同地を去ったものと推測される。

ところで、一連の「石見相聞歌」（一三一―一三九）に続いて、次の短歌が『万葉集　巻第二』〈相聞〉を締めくくっている。

柿本朝臣人麻呂妻依羅娘子《よさみのおとめ》、人麻呂と相別るる歌一首

な念《おも》ひそと　君は言へども　相《あ》はむ時　何時《いつ》と知りてか　吾恋《あれ》ひざらむ
（一四〇）

〈現代語訳〉

「思い悩むな」と貴方はおっしゃるけれど、何時逢えると分かっていたら、これほどまでに、貴方を恋しくは思いませんわ。

依羅娘子は人麻呂の石見妻であるとされてきたが、『万葉集』編者の事実誤認を踏襲したに過ぎない。前述したように、依羅娘子は依羅出身の氏女《うじめ》、左大臣多治比真人嶋の縁者であろう。人麻呂の生前か死後かは不明ながら、石見娘子《いわみおとめ》になり代わって、人麻呂の「石見相聞歌」に応えたものと思われる。女心を見事に歌いあげた、才女ならではの問答歌である。

第九章　人麻呂の最期

『万葉集　巻第十三』には、主として作者不詳の長歌並びにそれに添えられた反歌、計一二七首が収められているが、その〈相聞〉の部の冒頭近くに、左注が「右五首」としか記されていない、一連の歌がある。

蜻嶋《あきつしま》　倭《やまと》の国は　神からと　言挙《ことあ》げせぬ国　然《しか》れども　吾《あ》は事上《ことあ》げす　天地《あめつち》の　神も甚《はなは》だ　吾《あ》が念《おも》ふ　心知らずや　往《ゆ》く影の　月も経往《へゆ》けば　玉限る　日も累《かさな》りて　念《おも》へかも　胸安からぬ　恋ふれかも　心の痛き　末遂に　君に会はずは　吾《あ》が命の　生けらむ極《きわ》み　恋ひつつも　吾《あれ》は渡らむ　まそ鏡

正目《まさめ》に君を　相見《あい》てばこそ　吾《あ》が恋やまめ（三二五〇）

〈現代語訳〉

大和の国は、神意によって、人は言挙《ことあ》げをしない国です。しかしながら、私はあえて言挙げをします。天地の神々も、私の激した心を御存じないはずはないでしょう。月日が空しく過ぎ去ると、会えぬ日も重なり、君を思うゆえ、胸は苦しく、君を恋うるゆえ、心が痛んでならない。この先、君に会えないなら、この命のある限り、恋いこがれもしようが、もしも君に再会できたら、この切ない恋は止むことでしょう。

言語に精霊が潜み、その力によって事物や過程が言葉通りに実現されるのを期待する、古代日本人特有の観念を言霊思想と呼ぶが、「言挙げ」とはその言霊思想に関わる概念ながら、右の三二五〇番歌に見られるように、どちらかといえば否定的な意味合いを持った言葉のようである。「大声で言いたてる、大仰な物言いをする」など、不埒《ふらち》な言葉を戒めるニュアンスがあるようだ。作者は内心の激情を抑えかねており、文字通り相聞（恋愛）歌のように思われるが、これに添えられた反歌二首、並びにそれに次ぐ長歌と反歌に照らして、その判定は慎重でなければなるまい。

大舟の　思ひ憑《たの》める　君故に　尽くす心は　惜しけくもなし（三二五一）

〈現代語訳〉
大船に乗ったように、頼りにしている君のためだもの、君にどれほど心を砕いても、惜しいとは思わないよ。

ひさかたの　王都《みやこ》を置きて　草枕　羇往《たびゆ》く君を　何時か待たなむ（三二五二）

〈現代語訳〉
わが大君の治められる都を後にして、遠くへ旅立つ君の帰りを　何時のことになるかわからないけれど、待つことにしよう。

敢えてタブーを冒してまでも、大仰な感情表現をしたのは、これらの歌を贈られた「君」の旅が、永遠の別れともなりかねない、命がけの長旅であったからではなかろうか。ところで、この歌の作者名は、左注「右五首」連作の三番目で明かされることになる。

柿本朝臣人麻呂歌集の歌に曰く

葦原《あしはら》の　水穂《みずほ》の国は　神《かむ》ながら　事挙《ことあ》げせぬ国　然《しか》れども　辞挙《ことあ》げぞ吾《あれ》す
言幸《ことさき》く　真福《まさき》く座《ま》せと　恙無《つつがな》く　福《さき》く座《いま》さば　荒磯浪《ありそなみ》　有りても見むと
百重波《ももえなみ》　千重波《ちえなみ》に敷《し》き　言上げす吾《あれ》は　言上げす吾は（三二五三）

〈現代語訳〉

葦原の瑞穂《みずほ》の国、すなわちわが大和の国は、神意によって、事挙げはしない国です。しかしながら、あえて私は事挙げをします、お元気で、御無事でいらっしゃいと。御無事でさえあれば、そのうちにお会いできましょう。百重波、千重波のように、繰り返し、繰り返し、言挙げしますよ、私は。

反　歌

志貴嶋《しきしま》の　倭《やまと》の国は　事霊《ことだま》の　佐《たす》くる国ぞ　真福《まさき》く在《あ》りこそ（三二五四）

〈現代語訳〉

大和の国は言葉の中に宿る霊力が助けてくれる国です。私の歌に込められた言霊によって、どうか無事に帰還されますよう。

これら一連の歌の作者が人麻呂であることは明らかである。では、これらの歌を贈られた相手は誰であろう。考えられるのはただ一人、大宝二年すなわち文武六（七〇二）年六月、三十年ぶりで再開した第七次遣唐使に少録（記録係か）として随行員に加えられた山上憶良であろう。この時、山上憶良は人麻呂より八歳年下の四十二歳、人麻呂と同様に無位の下級官僚であった。

柿本人麻呂と山上憶良が何時どこで知り合ったのか、不明ではあるが、確実なことは、憶良が遣唐使として派遣される前年の大宝元（七〇一）年九月から一〇月にかけて、持統上皇と文武天皇の紀伊国行幸に、人麻呂も憶良も随行（臣従）しているということである。人麻呂がこの時の紀伊国行幸に臣従したことは、既に「第六章　軽娘子」の冒頭で触れたが、その時に詠まれた「後見《のち》むと　君が結べる　岩代《いわしろ》の　小松が末《うれ》を　また見けむかも」（一四六）は、亡き軽娘子を偲ぶ他の四首（一七九六―一七九九）と切り離されて、有間皇子への挽歌として、『万葉集　巻第二』〈挽歌〉の部に編入された。したがって、一四六番歌の「君」は、本来、人麻呂の意識の中では、有間皇子ではなく、軽娘子であった可能性が大である。それはそれとして、その同じ時、同じ場所で、憶良は次のような歌を作っている。

山上臣憶良の追和する歌一首

鳥翔《つばさ》なす　あり通ひつつ　見らめども　人こそ知らね　松は知るらむ

（一四五）

〈現代語訳〉

有間皇子の御魂は、天空を羽ばたきながら、人の世を見ていられるであろうが、人にはわからなくとも、岩代の松は知っていることでしょう。

この憶良の一四五番歌は、『万葉集　巻第二』〈挽歌〉に収録された次の二首に追和したものである。

長忌寸意吉麻呂《ながのいみきおきまろ》、結び松を見て哀しみ咽《むせ》ぶ歌二首

磐代《いわしろ》の　崖《きし》の松が枝《え》　結ばむと　人は反《かえ》りて　復《また》見けむかも（一四三）

〈現代語訳〉
岩代の松の枝を結ぼうとしたお方（有間皇子）は、その後、立ち帰って、
再びこの松を御覧になったであろうか。

磐代の　野中に立てる　結び松　情《こころ》も解けず　古念《いにしえおも》ほゆ（一四四）
〈現代語訳〉
岩代の野中に立っている結び松よ、その結び松のように、心ほぐれぬまま、
昔のことが偲ばれてならない。

憶良の一四五番歌は、長忌寸意吉麻呂の有間皇子への鎮魂歌に追和した歌であった。では、長忌寸意吉麻呂が持統上皇と文武天皇の紀伊国行幸に臣従したのは何時のことであろうか。このことを明らかにしているのが、『万葉集　巻第九』〈雑歌〉の「大宝元年辛丑冬十月、太上天皇大行天皇、紀伊国に幸せる時の

歌十三首」のうち、次の一六七三番歌に付された左注である。

風無《かざなし》の　浜の白波　いたづらに　ここに寄せ来《く》る　見る人なしに（一六七三）

右の一首、山上臣憶良の類聚歌林《るいじゅうかりん》に曰《いわ》く、長忌寸意吉麻呂、詔《みことのり》に応《こた》へてこの歌を作る、といふ。

持統天皇の退位後、愛する軽娘子を失った人麻呂は、若い文武天皇を補佐する新たな権力者集団の下で、舎人集団からはずされていたものと思われる。人麻呂に替って、儀礼歌の作者となったのが、長忌寸意吉麻呂であったわけである。この時の紀伊国への行幸に人麻呂が臣従したのは、軽娘子に死なれた人麻呂への、持統上皇の配慮であったかもしれない。山上憶良はそのような人麻呂の前に現れて、たちまち意気投合する間柄になったのではなかろうか。なにしろ、大宝元年の紀伊国行幸は九月十八日から十月十九日まで、ほぼ一カ月の長きにわたったのだから。

ところで、人麻呂が石見国から帰任した翌文武一〇年（慶雲三年、西暦七〇六年）のことであるが、『続日本紀』同年七月二八日の項に、次のような一文が記されている。

大宰府から「管内の九国（筑紫・筑後・豊前・豊後・肥前・肥後・日向・大隅・薩摩）と三嶋（壱岐・対馬・種子島）は日照りと大風で、樹木が抜き倒され穀物を損いました」と言上した。そこで使いを遣わして巡察させ、甚しい被災者の調と徭役を免除した。（宇治谷猛『続日本紀（上）全現代語訳』講談社学術文庫）

この時、すでに五十四歳となっていた人麻呂は、再度、巡察使として、今度は九州へ派遣されたのではないだろうか。その根拠として、先ず挙げられるのは、

『万葉集　巻第三』〈雑歌〉に収録された次の歌である。

柿本朝臣人麻呂、筑紫の国に下る時、海路、作る歌二首

名細《くわし》き　稲見《いなみ》の海の　奥《おき》つ浪　千重《ちえ》に隠《かく》りぬ　山跡嶋根《やまとしまね》は（三〇三）

〈現代語訳〉

その名も麗しい、印南《いなみ》の海よ、その海の沖波は幾重にも重なっているが、その波の彼方に隠れてしまったよ、わが大和の国は。

大王《おおきみ》の　遠《とお》の朝庭《みかど》と　蟻通《ありがよ》ふ　嶋門《しまと》を見れば　神代《かみよ》し念《おも》ほゆ（三〇四）

〈現代語訳〉

大君が統治される遠くの朝廷・大宰府へと、まるで蟻のように舟が行き交う海峡を眺めていると、国土創世の神代が偲ばれることだ。

印南の海は播磨灘のこと、その名を褒めたたえることは、言霊信仰によるもので、航海の無事を祈願する行為であった。遥か東方に見えていた生駒・金剛山系が、遠ざかるにつれて、波の荒い水平線から消えてゆく、その心細さの伝わってくる歌である。三〇四番歌の方は、淡路島を眺めながらの感慨であろうか、『古事記』編纂に当たった者ならではの歌である。

筑紫の国へと下る旅は、人麻呂にとって生涯最後の旅となった。明石海峡を航行する際に詠んだ短歌二首を見てきたわけであるが、その前後に詠んだと思われる歌が、「右四首、柿本朝臣人麻呂之歌集出」と左注されて、『万葉集　巻第十二』〈羇旅発思〉に収録されている。「羇旅発思」とは、旅中で愛する人を思う意である。

度会《わたらい》の　大川《おおかわ》の辺《へ》の　若歴木《ひさぎ》　吾久《あれひさ》ならば　妹《いも》恋ひむかも（三一二七）

〈現代語訳〉

私の旅が長期間に及んだら、妻は私を恋しがることだろうなあ。

度会（渡会）を伊勢の地名とすると、大川は宮川のことであろうか。歴木（久木）は、諸説あるが、何の木か不明である。「度会の　大川の辺の　若歴木」は「吾久ならば」を導き出す序詞であって、この歌が渡会の地で詠まれたわけではなかろう。誰がいかなる状況で詠んだのか、作品の背景を考慮しなければ、この三一二七番歌は、旅に出る夫が残された妻を思う、凡庸な歌でしかない。しかしながら、人麻呂の妻は既にこの世の人ではない。死んで既に五年の歳月が過ぎ去り、その霊魂は故郷の山に鎮まっている。孤独な人麻呂は、日々、その妻の霊魂に語りかけていたであろう。「吾久ならば」とあるように、人麻呂は今回の旅が長くなることを予測していたであろう。なにしろ、九州全域（あるいは北九州）にわたる災害被害の調査を命ぜられたのだから。

吾妹子《わぎもこ》を　夢《いめ》に見え来《こ》と　倭路《やまとじ》の　度《わた》り瀬ごとに　手向《たむけ》ぞ吾《あ》がする
（三一二八）

〈現代語訳〉

わが愛しい妻の姿を、夢にでも見られますよう、大和路の川の浅瀬を渡る度に、私は亡き妻の霊にお供えをするのです。

川は異境との境界線でもあり、川を渡るごとに、妻の霊魂の宿る故郷から離れてゆく思いも募る。この場合、大和路は大和へ向かう路ではなく、大和から離れてゆく路である。「手向け」とは、旅人が旅の安全を祈願して、土地の神に幣帛《へいはく》を捧げることを言うが、この場合、「夢に見え来」と祈願する相手は、亡き妻の霊以外にはないであろう。

桜花　咲きかも散ると　見るまでに　誰かもここに　見えて散り行く

（三二二九）

〈現代語訳〉

桜の花が咲くかと思えばすぐ散るように、誰だろう、ここに咲くかと見えて散ってゆくのは。

「桜花　咲きかも散ると　見るまでに」は、「見えて散り行く」を導き出す序詞であって、この歌を桜の花の実景を詠んだ歌、と解釈する必要はないであろう。見えたと思ったらたちまちに消えてゆく、愛する人の幻影を詠んでいるのだ。

豊《とよ》の洲《くに》　聞《きく》の浜松　心哀《ねもころ》に　何しか妹に　相云《あい》ひ始《そ》めけむ（三二三〇）

〈現代語訳〉

豊国の企救《きく》の浜松の、その松が地中深く根を張っていくように、どうしてあの人と懇ろに言葉を交わし始めたのだろう。

聞（企救）とは、関門海峡をはさんで本州と向き合う半島の名であるが、都に聞こえた地名ではないので、この歌は直接その地で詠まれたものであろう。愛しい妻を失った痛手に耐えかねて、そもそもの出逢いを悔いている歌である。五年の歳月が過ぎ去っても、人麻呂は軽娘子への思いを断ちきれないでいる。

人麻呂は企救半島の付け根にある門司あたりに上陸したのであろうか。直接に大宰府を目指さなかったのは、この時の巡察使としての任務が、九州全域（あるいは北九州）の旱魃と台風の被害を調査することにあり、豊国と筑紫を巡察した後に大宰府へ行くつもりであったのかもしれない。

『万葉集　巻第九』〈雑歌〉の部に「右の二首、或は云う、柿本朝臣人麻呂作かと」として、次の短歌が収録されている。

吾妹児《わぎもこ》の　赤裳泥塗《あかもひずち》て　植ゑし田を　刈りて蔵《おさ》めむ　倉無《くらなし》の浜（一七一〇）

〈現代語訳〉

可愛いあの娘が、赤い裳裾を泥まみれにして、苗を植えた田で、実った稲を刈り取っても、それを納める倉がないという、倉無の浜よ。

「吾妹児の」から「刈りて蔵めむ」までの四句は「倉無の浜」を起す序詞で、要するにこの歌は「倉無の浜」という地名に牽かれての、言葉遊び歌である。倉無の浜は豊前国、現・大分県中津市竜王町の浜であり、作者を柿本人麻呂とすれば、企救半島と倉無の浜のいずれが先であったかは定かでないが、九州での最初の訪問先が豊前国であったことは確かであろう。日照りと大風で穀物を損なったとの報告が、巡察使派遣の原因となったのであるから、国庁にある穀物備蓄倉庫の点検は、巡察使の仕事であったに違いない。

百転《ももづた》ふ　八十《やそ》の嶋廻《しまみ》を　漕《こ》ぎ来れど　粟《あわ》の小嶋は　見れど足《た》らぬかも

（一七一二）

〈現代語訳〉

次々と現れる無数の島々を、船は漕ぎ巡ってきたが、これら粟の小島は、

いつまで見ていても、見飽きることはない。

「百転ふ（百伝ふ）」は「八十」の枕詞。「粟の小嶋」は所在不詳とされるが、「粟」に淡路島の意があるとすれば、瀬戸内海に浮かぶ全ての小島の意ではなかろうか。いずれにしても、人麻呂の苦悩多き生涯の幕切れ、その末期の眼には、瀬戸内・多島海の島々の風景が映っていたのかもしれない。これら、九州上陸を裏付ける歌を最後に、『万葉集』から人麻呂の作品は姿を消すのである。

『柿本朝臣人麻呂之歌集』とは、とりもなおさず人麻呂の歌稿ノートに他ならない。人麻呂はそれを生涯持ち歩いたであろう。それが、いかにして『万葉集』編者の手に渡ったのか。『万葉集』の最終編者は大伴家持であろうが、それ以前

に、家持の父・旅人とその盟友山上憶良の関与も否定できない。つまり、人麻呂歌稿ノートは人麻呂から大伴家にわたった可能性が大きいのである。人麻呂が巡察使として大宰府へ下向した時の太宰帥（大宰府の長官）は、家持の祖父（すなわち旅人の父）で、優れた歌人でもあった大納言大伴安麻呂であった。大伴安麻呂が太宰帥として大宰府に赴任したのは、人麻呂が九州に赴任する前年の文武九（七〇五）年一一月のこと、元明二（七〇八）年三月まで、安麻呂はその地位にあった。

人麻呂が九州へ派遣された文武一〇（七〇六）年、『続日本紀』はその年の記録を次の一文で締めくくっている。

　この年、全国で疫病がはやり、人民が多く死んだので、初めて土牛を作って追儺（十二月晦日の悪鬼払い）の行事をおこなった。（宇治谷猛『続日本紀（上）』）

何らの根拠があるわけでもないが、長い船旅を終えて大宰府に辿りついた人麻呂は、間もなくその地で五十四年の生涯を閉じたのではなかったか。その余りにも突然の死は、長旅による疲労で衰弱した人麻呂を、流行りの疫病が襲った結果であったかもしれない。もしもそうだとすれば、死因までが軽娘子と同じであったことになる。

人麻呂の死の翌年、慶雲四（七〇七）年六月に文武天皇が崩御、二十五歳の若さであった。文武天皇の皇子・首《おびと》親王は幼少であったので、文武天皇の母・阿閉《あえの》皇女《ひめみこ》が即位した。元明《げんめい》天皇である。この間、政治上の実権は首親王の外祖父・藤原不比等が握ることになる。大唐帝国をモデルとする、中央集権的律令体制の推進を図る不比等にとって、外国語（中国語）に堪能な新知識は歓迎されても、『古事記』編集の中核となった国風文化人は、好ましからざる存在ではなかったろうか。人麻呂が無位無官のまま、僻遠の地に追いやられたのは、氏女である軽娘子との禁断の恋の故ばかりではなかったろう。

『続日本紀』は、元明二（七〇八）年の項に、「四月二十日　従四位下の柿本朝臣佐留が卒した」と記している。大伴安麻呂が大宰府から帰任した直後のことである。人麻呂の不幸な死は、前太宰帥・大伴安麻呂によって朝廷に伝えられたであろう。柿本一族の氏長・柿本佐留が従四位を追贈された背景には、朝廷内で実権を握っていた人達の人麻呂に対する負い目の感情も影響したに違いあるまい。
ところで、『万葉集　巻第十三』〈挽歌〉に、次の長歌並びに反歌が収められている。左注に「右の二首」とあるばかりで、出典も作者名も記されていない歌である。

王《おうきみ》の　御命恐《みことかしこ》み　秋津嶋《あきつしま》　倭《やまと》を過ぎて　大伴の　御津《みつ》の浜辺ゆ　大舟に
ま梶繁貫《かじしじぬ》き　朝凪《あさな》ぎに　水手《かこ》の音《ね》しつつ　夕凪《ゆうな》ぎに　梶の音しつつ　行きし
君　何時《いつ》来まさむと　大卜《うら》置きて　斎《いわ》ひ渡るに　狂言《たわこと》か　人の言ひつる　我
が心　尽《つくし》の山の　黄葉《もみじば》の　散り過ぎにきと　公《きみ》の正香《ただか》を（三三三三）

〈現代語訳〉
天皇の命令を畏《おそ》れ承って、大和を後にして、難波《なにわ》の御津の浜から、大船に梶を取りつけて、朝凪には水夫の掛け声も高らかに、夕凪には櫂《かい》の音を響かせて、船出して行かれた君は、いつお帰りになるかと、占いをして、身を浄めてきたのに、誰の戯言《たわごと》か、筑紫《つくし》の山の紅葉《もみじ》が散るように、亡くなってしまったとのうわさ、直接お目にかかって、君の安否を確かめたいものだが。

反　歌

狂言《たわこと》か　人の云ひつる　玉の緒《お》の　長くと君は　言ひてしものを（三三三四）
〈現代語訳〉
冗談なのか、君が亡くなったと人が言うのは。「お互い、長生きをしよう」と君は何時も言っていたのに。

「大君の御命」（官命）を帯びて、御津の浜を出港した後に、「尽」（筑紫）の地で亡くなった「君」（または「公」）とは、誰のことだろうか。「君」には親愛の情が、「公」には尊敬または畏敬の念が込められている。また、亡くなることを「黄葉《もみじば》の　散り過ぎにき」と表現しているが、これは人麻呂に特有の表現でもある。どう考えても、これは人麻呂を敬愛する人物が、人麻呂の訃報に接して作った歌としか思えない。その人物とは、誰であろうか。根拠なき憶測にすぎないとの批判を受けるかもしれないが、私には山上憶良以外には考えられないのである。このことに関する私なりの説明は、既に本章冒頭に紹介した三二五〇番歌―三二五四番歌（『万葉集　巻第十三』）の読解を通して、委曲を尽したつもりである。

それでは、なぜこの長歌（三三三三番歌）並びにその反歌（三三三四番歌）に作者名が明記されなかったのだろうか。左注に「右二首」とだけあるのは、本来、その下に作者名が明記されていたということであろう。その作者名は、何者かによって、意図的に削除されたとしか思えないのである。

文武六（七〇二）年六月、遣唐使として唐に渡った山上憶良は、その二年後の慶雲元年、すなわち文武八（七〇四）年に帰国したものと思われる。ところが、憶良と入れ替わるように、人麻呂は石見国へ、さらには筑紫へと旅立ち、その地で五十四年の生涯を閉じてしまった。山上憶良の悲嘆はいかばかりであったろうか。三三三三番歌と三三三四番歌はその悲嘆を率直に歌ったものである。しかしながら、山上憶良の敬愛する「公」、すなわち柿本人麻呂の死を哀悼することは、人麻呂に筑紫国への赴任を命じた者への抗議とも受け取られかねない。その人物が時の実力者、最高権力者であれば、一篇の挽歌は政治的意味合いを帯びることとなる。既に人麻呂その人が、行路病死した地方官や自裁死を遂げた采女達への挽歌の作者であったことに思い至れば、その人麻呂が晩年に石見国や筑紫国への赴任を命じられたのは、偶然のことではなかったであろう。三三三三番歌と三三三四番歌の作者名を削除することで、憶良の身を守ったのは、憶良本人で

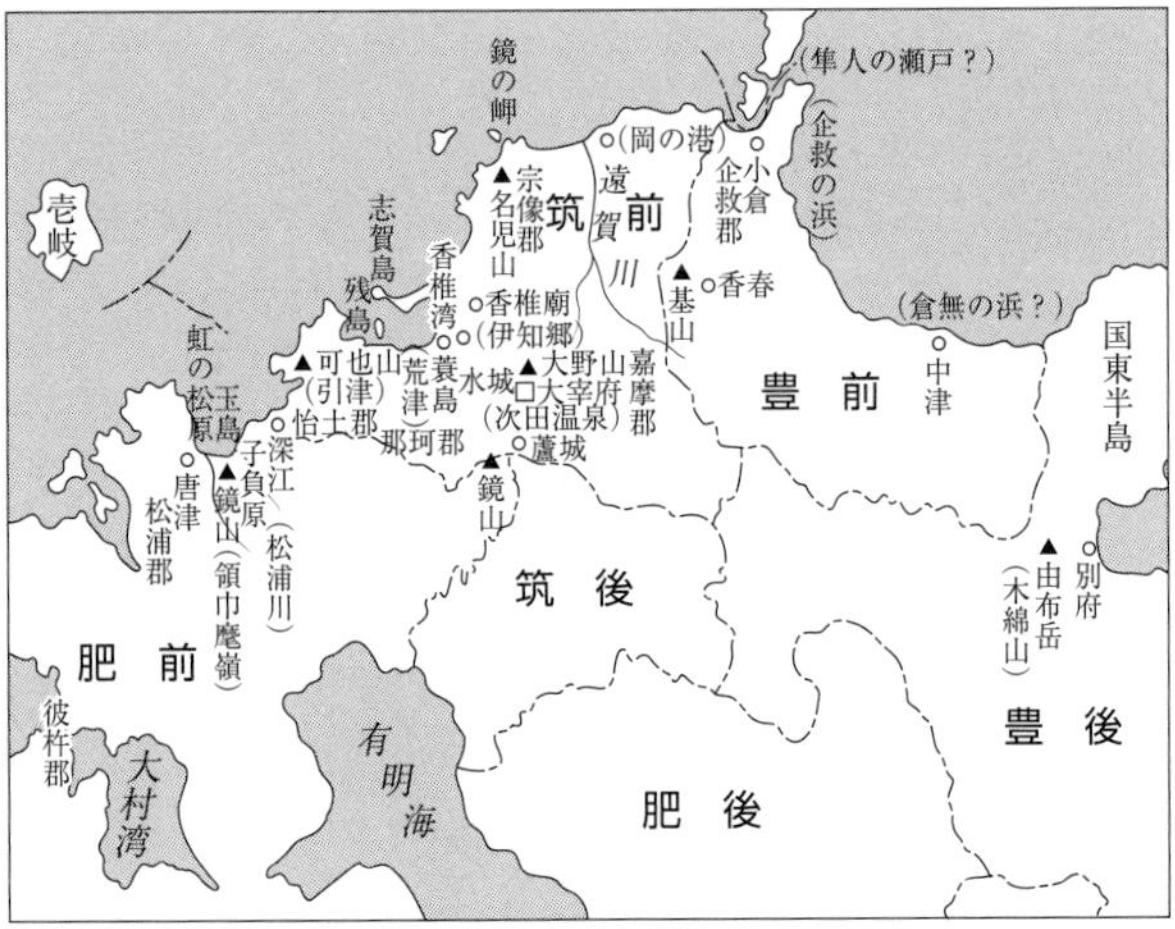

筑　　紫

出典）『新潮日本古典集成　万葉集一』

あったのか、それとも大伴旅人であったのか、あるいは大伴家持であったのか、それは永遠の謎であろう。

結びにかえて

『万葉集』の編集は柿本人麻呂の生前から着手されていたかもしれないが、全二十巻に及ぶ『万葉集』編集の最終段階は、人麻呂の死後、はるか後のことである。その時、人麻呂はすでに伝説上の人であったろう。歌人として卓越した才能の持ち主ではあっても、『日本書紀』にも『続日本紀』にもその名を留めることのなかった一介の舎人（今日的な言い方をすれば、下級国家公務員）に過ぎなかったから、人麻呂の死後、人麻呂に関する情報は雲をつかむようなものであったに違いない。『万葉集』の編者によって、人麻呂終焉の地が石見国とされ、そこに人麻呂の妻がいたとされたのは、人麻呂伝説の最たるものである。このような根拠なき伝説が生まれ、それが独り歩きしたのは、人麻呂作「石見相聞歌」の歌（言葉）の力であろう。愛する人との永遠の別れを、これほどまでに哀切深く歌い上げた作品を、私は他に知らない。

『万葉集』の最終編者が大伴家持であることは、疑いようがない。とりわけ、その巻第十七から巻第二十までは、家持の私歌集の体を呈している。ところが、それのみに止まらず、原『万葉集』編集の第二次段階と思われる巻第三と巻第四にも、家持のみならず大伴家一族の詠歌が、かなり大量に収録されている。勘ぐれば、家持なりの家門への権威付けであったかもしれない。その際、家持は祖父・安麻呂から伝えられた『柿本朝臣人麻呂之歌集』からも数編の人麻呂作品を、『万葉集』の巻第一から巻第四までに適宜転載した可能性が高い。つまり、人麻呂の作品は、第一次（巻第一、巻第二）、第二次（巻第三、巻第四）、第三次（大伴家持による追加・増補）と、三段階にわたって、『万葉集』に収録された可能性が高いのである。

私の推定によれば、人麻呂が五十四歳で世を去ったのは文武一〇（七〇六）年、その時に大伴旅人は四十二歳で山上憶良は四十六歳であったから、この二人は人麻呂とほぼ同時代を生きた人と見倣してよい。ところが、旅人の子・家持の誕生はそれからさらに十年余りも後のことであり、家持が『万葉集』の編集に従事した時点で、旅人も憶良も、既にこの世の人ではなかった。人麻呂の事歴が正しく後世に伝わらなかったのは、このような理由にもよるであろう。諸説はあるものの、人麻呂終焉の地すら不明のまま、今日に至ったのである。

『万葉集』（巻第一—巻第四）に「柿本朝臣人麻呂作歌」として収録された作品は八〇首余りに過ぎないけれども、「柿本朝臣人麻呂之歌集出」と注記された三七〇首もの作品を『万葉集』（巻第七、巻第九—巻第十三）に収録したのは、おそらく大伴家持であったろう。優れた歌人であった大伴家持には、『柿本朝臣人麻呂之歌集』収録作品に関して、その大半が人麻呂作であることも、またその中に人麻呂以外の作品が紛れ込んでいることも、理解されていたであろう。それらの作品の作者について、「柿本朝臣人麻呂之歌集出」と注記するに止めたのは、家持の見識を示すものであろう。ただし、一部の作品に限って、家持は例外的措置を講じたのではなかったろうか。すなわち、「泣血哀慟歌群」一〇首と「石見相聞歌群」一〇首である。あるいは、これに「住坂の女」との問答歌の一部を加えてもよいであろう。これらの歌群に感動した家持は、原『万葉集』とも呼ぶべき巻第一から巻第四までの中に人麻呂の名を明記することで、その名声を後世に伝えたかったに違いない。

ところで、櫻井満『柿本人麻呂論』(桜楓社)によれば、北は北海道から南は九州まで、全国に一五〇余りの柿本人麻呂関連の神社があるとのことである。いつの頃からかは分からないが、人麻呂は神として祀られてきたのである。人が神として祀られるには、その死が尋常なものであってはならず、死後に怨霊となって畏れられるほどに不幸な死に方でなければならない、というのが人麻呂刑死説(梅原猛)の根拠であった。私の推測によれば、人麻呂はその晩年に遠隔の地(讃岐国、石見国、筑紫国)へと左遷され、最後は筑紫の地で不慮の死を遂げたことになる。これは後世の菅原道真の死と相似形であり、菅原道真の場合と同様に、人麻呂も神として祀られる資格は充分に備えていたわけである。

あとがき

本書第九章「人麻呂の最期」の冒頭で触れたことではあるが、遣唐使の随行員として唐へ渡る山上憶良に宛てて、柿本人麻呂は「吾《あ》が命の　生けらむ極《きわ》み　恋ひつつも」（この命のある限り、恋いこがれもしようが）と呼びかけて、永訣《えいけつ》となるかもしれない憶良との別れ（永訣は現実のものとなってしまった）を惜しんだ。友情に「恋」という言葉を用いたのは、「言挙《ことあ》げ」（大げさな物言い）を忌む、わが国の伝統的な観念に反することではあったが、あえてそのタブーを犯すことで、人麻呂は憶良への惜別の思いを伝えたかったのであろう。

友情にせよ、恋愛にせよ、亡き人への哀惜の情にせよ、祖国の山河に寄せる思いにせよ、人麻呂万葉歌に共通するのは、「吾が命の　生けらむ極み　恋ひつつも」との言葉に象徴される、ひたむきな熱い思いであった。ひとことで言えば、人麻呂は〈愛の人〉であった。

人麻呂と軽娘子《かるのおとめ》との間に交された問答歌の中に、「吾《あ》が後《のち》に　生まれむ人は　我がごとく　恋する道に　相与《くみ》するなゆめ」（私より後に生まれてくる人は、私のように、恋する道に踏み込まないで下さいね、けっして。）という一首がある。私はこれを軽娘子の作と解釈したけれども、人麻呂作と見做すこともできるだろう。この場合、作者はどちらでも構わない。何故なら、男の気持ちも女の気持も、このような追い詰められた状況の下では、同じだからである。

人麻呂とはほぼ一二〇〇年の歳月を隔てて、四十五年余の短い生涯の最後に、次の短歌を残した人がいる。

生まれ来る　人は持たすな　わがうけし　悲しき性《さが》と　うれはしき道

人妻との許されざる恋に、心中死という形で決着をつけた有島武郎である。有島武郎は近代を代表する知識人作家であったが、その末期の心境が人麻呂（あるいは軽娘子）のそれとほとんど相似形であったことを、これら二つの短歌は物語ってもいよう。

複数の妻を持つことが公認された時代にあって、人麻呂はただ一人の女性を愛したが故に、世人の指弾を浴び、社会から葬り去られるに近い扱いを受けた。その「ただ一人の女性」が、最初は人妻であり、次には宮廷に仕える氏女《うじめ》であったからである。人麻呂の時代から一三〇〇年の歳月を経て、社会の仕組みも人々の価値観も大きく変わったけれど、こと男女間の愛情をめぐる問題に関しては、どれほどの意識改革が図られたのだろうか。本質的なことは何一つ変わっていないのではなかろうか。そう思わせるのが、時代は変われど変わることのない、演歌など流行歌の歌詞である。他方、制度としての枠組みを逸脱した男女（とりわけ著名人）への指弾の声は、マスメディア総動員のかしましさで、相も変わらず当事者を追い詰めている。

万葉学者ではない気楽さから、また眼疾による文献博捜の不如意から、実証を軽んずるような著述スタイルとなったことは、もとより拙著の負の側面ではあろうが、限られた情報をもとに自由な想像力を羽ばたかせることも、文学研究に必要とされるのではなかろうか。とりわけ、柿本人麻呂のように、新たな文献資料発見の可能性が、限りなくゼロに近い場合は。

今日のような出版不況の状況下で、この拙い著作が出版されることになったのは、わが敬愛する友人・松田純氏（静岡大学特任教授、専門は西洋哲学、生命倫理など）と知泉書館代表取締役・小山光夫氏の御理解と御支援によるものである。とりわけ松田氏には、細部に至るまで懇切な助言をいただいた。お二人には、深甚の謝意を表します。

二〇二〇年早春

上杉　省和

柿本人麻呂関連年譜

六五二（孝徳　八）年　柿本人麻呂生誕か。

六七二（天武　一）年　壬申の乱により、大海人皇子（天武天皇）近江朝廷を倒す。

六七三（天武　二）年　天武天皇、大舎人を募集。人麻呂（二一歳）、大舎人となるか。

六八〇（天武　九）年　人麻呂（二八歳）、宮中で「七夕歌」を詠む。この頃、「住坂の女」の元へ通うか。

六八一（天武一〇）年　二月、草壁皇子（二〇歳）、皇太子となる。三月、天武天皇、国家の歴史書編纂を命ず。人麻呂（二九歳）、国史編纂に従事か。一二月、柿本猨らに小錦下（従五位下相当）叙位。

六八六（天武一五）年　九月、天武天皇（五六歳）、崩御。人麻呂、草壁皇子の舎人となるか。一〇月、大津皇子、謀反の罪により、死を賜わる。

六八九（持統　三）年　四月、草壁皇子（二八歳）薨去、人麻呂「挽歌」作。

六九〇（持統　四）年　一月、持統天皇即位。人麻呂（三八歳）、持統天皇の舎人となるか。

六九一（持統　五）年　四月、人麻呂、持統天皇の近江行幸に随行して、「近江荒都歌」作。

六九二（持統　六）年　九月一三日―二四日、人麻呂、持統天皇の紀伊行幸に随行。九月、川島皇子薨去、人麻呂（三九歳）「挽歌」作。三月、持統天皇の伊勢行幸に際し、人麻呂（四〇歳）、飛鳥京にあって、「留京歌」三首作。

六九四（持統　八）年　一二月、藤原京遷都。

六九五（持統　九）年　一〇月一一日―一二日、持統天皇（五一歳）菟田吉隠に行幸。人麻呂（四三歳）「阿騎野遊猟歌」は、その行幸の折の作か。

六九六（持統一〇）年　七月、太政大臣高市皇子薨去。人麻呂（四四歳）「挽歌」作。

六九七（持統一一）年　六月、持統天皇病臥。八月、軽皇子（一五歳）即位。

六九九（文武　三）年　人麻呂（四七歳）、七月以前に讃岐国へ赴任か。七月、弓削皇子薨去。九月、新田部皇女薨去。一二月、大江皇女薨去。

七〇〇（文武　四）年　人麻呂（四八歳）、四月までに藤原京に帰任か。三月一〇日、僧道照死去し、粟原で荼毘に付さる。四月、明日香皇女薨去、人麻呂（四八歳）挽歌作。一二月、大和国に疫病流行。

七〇一（文武　五）年　軽娘子、この年前半に死去か。六月、文武天皇、七道に使者を派遣し、大宝令の説明を命ずる。七月、左大臣多治比真人嶋、薨去。九

七〇二（文武　六）年　一〇月―一一月、文武天皇と持統上皇の紀伊国行幸に人麻呂（四九歳）、山上憶良（四一歳）共に随行。

七〇三（文武　七）年　六月、遣唐使派遣に際し、山上憶良、随行員として渡唐。一〇月―一一月、持統上皇、三河国行幸。一二月、持統上皇崩御。

七〇四（文武　八）年　一二月、持統上皇、荼毘に付さる。

七〇五（文武　九）年　一月、太安万侶らに従五位下叙位。この年、山上憶良、帰国。

七〇六（文武一〇）年　四月、巡察使を諸国に派遣。人麻呂（五三歳）、石見国に赴任か。五月、忍壁皇子薨去。一一月、大納言大伴安麻呂、太宰帥。

七〇七（文武一一）年　この年、全国で疫病流行、死者多数。七月、筑紫・筑後・豊前・豊後などで日照りと大風の被害。九月、巡察使を七道に派遣。人麻呂（五四歳）、筑紫に赴任し、まもなく同地で死去か。

七〇八（元明　二）年　六月、文武天皇（二五歳）、崩御。元明天皇、即位。

七一〇（元明　四）年　三月、粟田真人、大伴安麻呂の後任として太宰帥となる。

七一二（元明　五）年　四月二〇日、従四位下柿本朝臣佐留、卒。

三月、平城京遷都。

一月、太安万侶、『古事記』を撰上。

天智天皇 天武天皇 系図

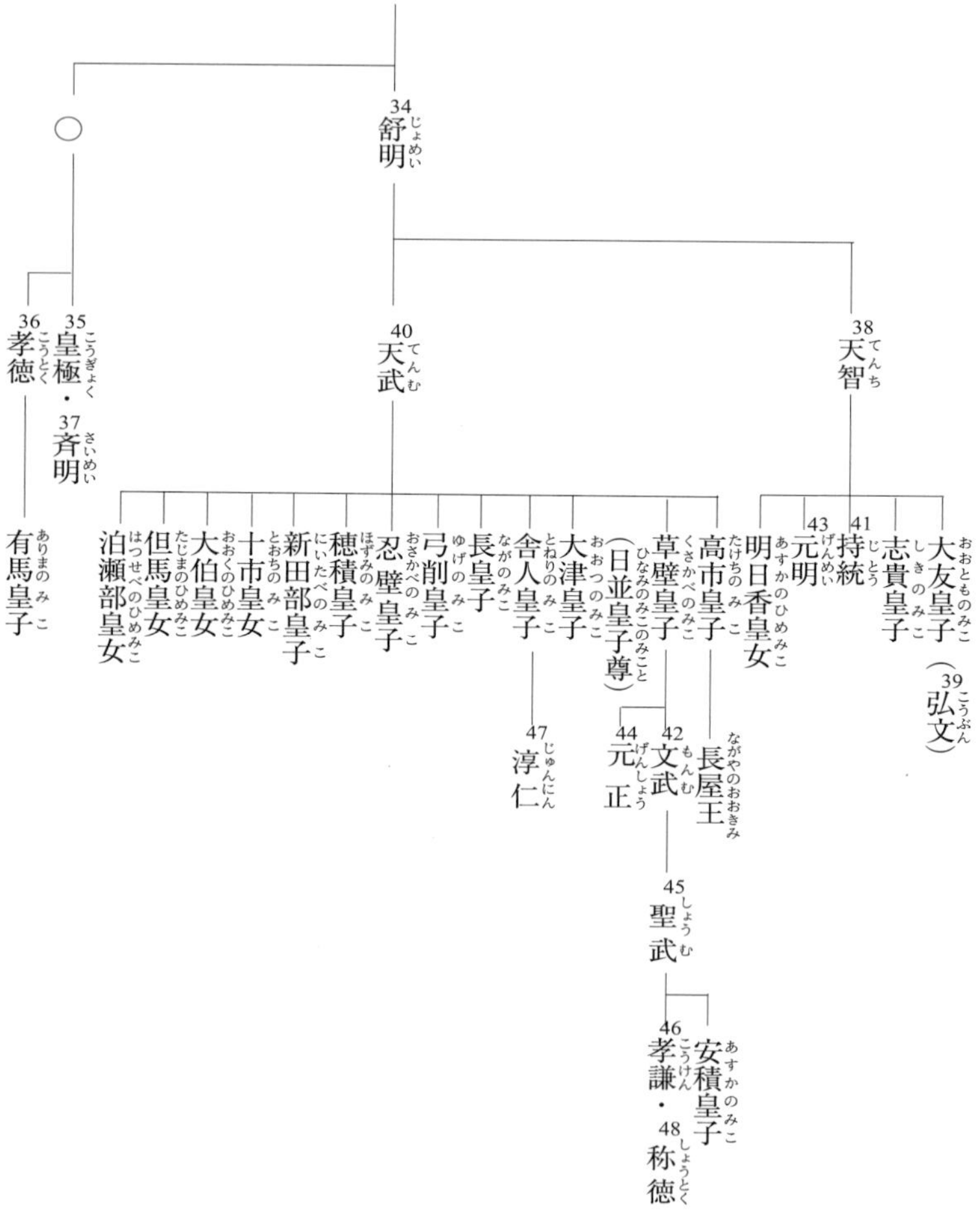
34 舒明《じょめい》
35 皇極《こうぎょく》・37 斉明《さいめい》
36 孝徳《こうとく》
有馬皇子《ありまのみこ》
40 天武《てんむ》
38 天智《てんち》
高市皇子《たけちのみこ》
草壁皇子《くさかべのみこ》
（日並皇子尊《ひなみのみこのみこと》）
大津皇子《おおつのみこ》
舎人皇子《とねりのみこ》
長皇子《ながのみこ》
弓削皇子《ゆげのみこ》
忍壁皇子《おさかべのみこ》
穂積皇子《ほずみのみこ》
新田部皇子《にいたべのみこ》
十市皇女《とおちのみこ》
大伯皇女《おおくのひめみこ》
但馬皇女《たじまのひめみこ》
泊瀬部皇女《はつせべのひめみこ》
大友皇子《おおとものみこ》
（39 弘文《こうぶん》）
志貴皇子《しきのみこ》
41 持統《じとう》
43 元明《げんめい》
明日香皇女《あすかのひめみこ》
長屋王《ながやのおおきみ》
42 文武《もんむ》
44 元正《げんしょう》
47 淳仁《じゅんにん》
45 聖武《しょうむ》
46 孝謙《こうけん》・48 称徳《しょうとく》
安積皇子《あすかのみこ》

上杉　省和（うえすぎ・よしかず）
1939年静岡県浜松市に生まれる。1963年静岡大学文理学部国漢文学科卒業。1969年北海道大学大学院文学研究科博士課程修了。1969-73年常葉女子短期大学専任講師。1973-91年静岡大学人文学部講師，助教授，教授。1991-2007年京都ノートルダム女子大学人間文化学部教授。2007-10年富士常葉大学保育学部特任教授。
〔主要著作〕『有島武郎――人とその小説世界』明治書院，『作品論　有島武郎』（共編著）双文社出版，『静岡県と作家たち』（共編著）静岡新聞社，『智恵子抄の光と影』大修館書店，『名作百年の謎を解く』（共著）同時代社。

〔万葉の巨星　柿本人麻呂〕　ISBN978-4-86285-313-4

2020年3月25日　第1刷印刷
2020年3月30日　第1刷発行

著　者　上　杉　省　和
発行者　小　山　光　夫
印　刷　藤　原　愛　子

発行所　〒113-0033 東京都文京区本郷1-13-2
電話03（3814）6161 振替00120-6-117170
http://www.chisen.co.jp
株式会社　知泉書館

Printed in Japan　印刷・製本／藤原印刷